大英图书馆
·侦探小说黄金时代经典作品集·

康沃尔海岸疑案

THE CORNISH COAST MURDER

[英] 约翰·布德 著
夏彬彬 译

中国青年出版社

序 言

《康沃尔海岸疑案》首版于1935年，是欧内斯特·卡彭特·埃尔莫的侦探小说处女作。或许是觉得自己的真名有点拗口，也可能是为了将自己的侦探小说与自己的其他作品区别开来，他给自己起了一个更为精简的笔名——约翰·布德。

同许多小说家处女作一样，《康沃尔海岸疑案》的印数很少。该书出版商是一家名叫斯基芬顿的主要做馆配业务的小公司，而且那个年代还未有平装本一说[①]，所以今天想要找到一本品相完好的《康沃尔海岸疑案》难上加难。要是哪位幸运儿能在精心包裹的书皮下偶然发现有作者签名的首版《康沃尔海岸疑案》（有这样的书存在吗？我表示怀疑），那可真是发大财了。这其中固然有物以稀为贵的因

① 当时正是平装本的酝酿初创期。

素，也有近年来布德的作品越来越受欢迎而备受收藏家们青睐的缘故。

为什么会这样呢?《康沃尔海岸疑案》从以下两方面解释了布德何以能在去世大半个世纪后重又受到读者追捧的原因。首先，相对一般新手来说，他的写作风格更显松弛与娴熟。其次，相比同代作家，他更注重人物的塑造与背景的设置。这是因为，虽然此时的布德还称不上是位老作家，但他也已经在通俗小说界取得了一定成绩。布德对奇幻小说有着不小的兴趣，他在1928年以真名出版了一本标题精妙的小说——《钢蛆》。在这部小说中，一名罪犯在达特穆尔高地上发现了一些外星人的卵，卵孵化出了与小说标题同名的幼虫。它们以犯人牢房里的铁条为食，毋庸多言，这是无法满足它们胃口的。

布德于1901年出生在梅德斯通。他创作《钢蛆》时还是个年轻人，大型出版商威廉柯林斯[1]买下了他接下来的一部奇幻小说——1930年出版的《塞壬之歌》。尽管此后布德的兴趣很快转向了侦探小说的创作，但他于1954年凭借用本名出版的《兰普顿的饕餮》重返奇幻小说界并大获成功。这是一部带有讽喻性的奇幻小说：一个英国村庄受到一群赤身裸体的小矮人的入侵，村民们分裂成了受矮人蛊惑与决心消灭矮人的两大阵营。

① 今哈珀柯林斯出版集团的前身之一。

布德选择康沃尔郡的一处地名作为自己创作侦探小说时的笔名[1]，可能是想强调他在处女作中对环境设置的重视。在《康沃尔海岸疑案》问世的那个年代，带有明确且引人联想的乡村背景的侦探小说并不像现在这样普遍。也许是为了避免麻烦，写乡村悬疑故事的作家们常常会把故事背景设定在“米德郡”或“威塞克斯”[2]，这一习惯一直延续到了第二次世界大战之后。布德意识到侦探小说迷们会喜欢那些发生在伦敦之外的、现实生活场景中的悬疑推理故事，便首开此风气之先。令人高兴的是，这一设置在海滨的凶案现场最终被证明是谜案的有机核心。

这本书的成功并没有催生出以此地为背景的系列作品，反而促使布德在他接下来的两部小说《湖区疑案》和《苏塞克斯丘陵疑案》中尝试对这种主题做出了改变。希望能读到以康沃尔郡为背景的侦探小说的读者将不得不等到20世纪60年代末，W·J.伯利此时开始创作以警察查尔斯·威克利夫为主角的小说，并最终被改编为电视剧，由杰克·谢泼德担任主演。

布德是在“侦探小说黄金年代”——即两次世界大战之间——转向侦探小说这一领域的。多萝西·L.塞耶斯的《俗丽之夜》与《康沃尔海岸疑案》同年出版，她信心十足

---

① “布德”既是作者笔名的姓氏，也是康沃尔郡北部的一个沿海小镇。

② 此为生造的地名，疑是对威尔特郡和苏塞克斯的戏仿。

地试图将这部侦探小说拔高为“世情小说”。当然，在她是否成功这个问题上引发了激烈的讨论，热情的赞誉者与猛烈的抨击者泾渭分明，这种争论一直持续至今。

布德没有塞耶斯那样的雄心壮志，他的目标还是旨在创造轻松的消遣读物。尽管他的作品在文风上不足以与塞耶斯相提并论，在情节的复杂性上也无法与阿加莎·克里斯蒂相媲美，但也绝不至于像之前那样被读者遗忘。在他的作品里，从事侦探工作的人群被一分为二，一类是讨人喜欢的业余组，由牧师和医生组成；另一类则是专业人士。布德从自己的第二本书开始专注于描写警察的办案故事，但他的平衡工作做得很好，既提供了大量温和的消遣，又对战前英国的乡村生活做出了令人信服的描绘。

自《康沃尔海岸疑案》之后，布德开启了漫长的职业生涯，直到1957年不幸早逝之前，他一共创作了30本侦探小说。布德做过舞台剧的制片人和导演，也在侦探小说史上扮演了一个不起眼但无法被忽视的角色。他作为为数不多的几位作家之一，于1953年的盖伊·福克斯之夜[1]在全国自由俱乐部[2]与约翰·克里西一同参与了“侦探小说作家协会”的成立大会。“侦探小说作家协会”目前在全球范围内拥有超过600名会员，其主办的“金匕首奖”也蜚声海

① 又称“篝火之夜”，英国的传统节日，时间为每年的11月5日。

② 伦敦一著名私人俱乐部，1882年成立。

内外，这当然要归功于像克里西和布德这样的先驱们的努力。是他们的先见之明，使这样一个具有长远潜力和价值的必要组织得以成立。

大英图书馆这次出版的《康沃尔海岸疑案》不仅将受到那些渴望拥有这部小说的藏家们的追捧，也一定会受到侦探小说爱好者们的广泛欢迎。大多数人或许并不熟悉布德这个名字及其作品，但这个生动精致的故事所带来的乐趣或许会吸引许多人进一步去了解他后来的作品。他们不会失望的。

马丁·爱德华兹

英国警衔说明

由于“侦探小说黄金时代”系列小说的故事发生地主要在英国，书中机警睿智的侦探也以英国警察为主，所以在读者阅读本书之前我们先对英国的旧时警衔和称呼做一些简略介绍，以便读者更好地理解小说背景。

英国的旧时警衔主要分为5等（从高到低）：

警察总监（Chief Constable）；

警司（Superintendent）/总警司（Chief Superintendent）；

督察（Inspector）/总督察（Chief Inspector）；

警长（Sergeant）；

警员（Constable）。

伦敦以外地区的警署还有以下几种职级（从高到低）：警察局长（Chief Constable）、警察局副局长（Deputy Chief Constable）、助理警察局长（Assistant Chief Constable）。

另外，对于担任刑事调查部门或其他某些特别部门职务的警务人员，一般会在他们的职级之前加有“侦探（Detectives）”前缀，本书中译为“警探”。此类警务人员由于职责性质特殊，所以一般不穿制服，而着便衣执行任务。

在警务人员的升迁或训练等临时过程中，他们的职级还会加有“实习（Trainee）”“临时（Temporary）”“代理（Acting）”的前缀。

目　录

1　第一章　谋　杀！
15　第二章　拉开的窗帘
30　第三章　足印之谜
48　第四章　露丝·特雷加森的反常之举
58　第五章　督察的推理
72　第六章　消失的左轮手枪
85　第七章　牧师公馆的谈话
103　第八章　是罗纳德·哈迪吗？
116　第九章　协同作案？
128　第十章　一声枪响
145　第十一章　尸体上的失窃案
159　第十二章　打开的窗户

170 第十三章 验尸官的审讯
187 第十四章 纸 条
195 第十五章 考珀的证词
207 第十六章 牧师的试验
219 第十七章 罗纳德·哈迪现身
231 第十八章 完美的不在场证明
240 第十九章 团 聚
251 第二十章 格雷斯托克的小裁缝
267 第二十一章 水落石出
278 第二十二章 认 罪
285 第二十三章 牧师解惑

第一章

谋　杀！

多德牧师，圣迈克尔崖边教区的主教，站在他那舒适的单身汉书房的窗前，望着窗外的夜色。雨时下时停，从大西洋刮来的阵阵狂风将窗棂吹得格格作响，并在牧师公馆周边零星的枯松丛中发出低沉的飒飒声。这是一个令人胆寒的夜晚。月黑风高。远处的海平面上低垂着一大片云，在落日余晖的映衬下兀自阴沉着。

牧师喜欢让自己待得舒舒服服的，他心满意足地舒了口气。一大堆木柴在他身后的壁炉里噼啪作响。一盏阅读灯从他最喜欢的椅子上方投下一个橘黄色的光圈，房间里堆满了书，五颜六色的书脊闪耀着微弱的光。在炉前毯的正中央，有一个小小的板条箱，准确地摆在两张扶手椅之间。

牧师又舒了一口气。一切都秩序井然。没什么失序之处。一切都与过去15年一样，运转如常。平静，完美的平静。

他朝窗外看了最后一眼，在漆黑的公路上寻觅医生汽车的踪影。他回头瞥一眼时钟，7:20。好吧……距离开饭还有十分钟，这个老家伙从来没有迟到过。今晚是他们每周一固定的小仪式，相信彭德里尔会准时到的。无论如何，他俩谁都不应该错过。在博斯考恩这样一个住着大约四百人的与世隔绝的小村庄里，对彭德里尔和牧师这样的专业人士来说，这些约定俗成的习惯就如日常饮食一样不可或缺。

牧师拉上厚厚的窗帘，将风雨欲来的景致挡在窗外，拿起一本《*旁观者*》[1]坐下，静候他的客人。

五分钟后，他听见车道上嗖嗖地开过来一辆车，经过窗户时欢快地摁起了喇叭，紧接着前门门铃就丁零零地响了起来。

下一分钟，彭德里尔已经与老朋友握上了手，并抱怨起这恶劣的天气。

"来得真是时候。"牧师打趣道，"我正打算尝点儿雪利酒。我亲爱的朋友，在锣声响起之前，先坐下烤烤火。"

医生心满意足地哼了一声，坐下，开始小口啜饮雪利。

---

① 英国时事类周刊，创刊于1828年。

“有什么新闻吗？”牧师问。

一直以来，这都是他最喜欢的开场白之一。他发现这能打开人们的话匣子。不过彭德里尔并不需要往这方面引导，这人三句话不离老本行，谈几个小时都不在话下，且丝毫不露倦色。

“哦，没什么新鲜的。还是老样子。一个人割伤了手，两个风湿病，一个甲沟炎和一例麻疹。”

“麻疹？”

“弗雷德·拉瑟福德——我想应该是你那个可爱的唱诗班男孩。不可救药的小伙子，总是在村子里惹麻烦。”

牧师胖乎乎的脸上突然浮现出了和蔼的笑容。

“这下他们可要高兴了，至少年轻人是这样。我记得当我还是个孩子的时候，我们总把传染病誉为意外之喜。因为这样就会闭校放假。”

医生点点头。涉及工作的事是否应该允许轻浮，这事总让他拿捏不准。他不介意拿牧师的唱诗班和慈善义卖来寻开心，但医疗问题绝对是另外一回事。

锣声在大厅里悠扬地响起。

牧师立刻反应过来，转身说道：“啊，开餐！”

他跟在瘦削的客人后面，迈动自己的短腿，摇摇晃晃地走进餐厅。

稍后，医生似乎又情不自禁地将话题扯回了他那听诊器和温度计的小世界。

“哦对了，我差点都忘了。这次有你的好消息。看来有人要找你预约双人洗礼了。”

“哦？”

“威瑟斯夫妇——双胞胎。”

“天哪——什么时候的事？”

“今晚。那会儿我刚离开诊所。我交给穆里昂太太处理了。”

“双胞胎。”牧师若有所思地说，“太稀罕了。自从缀尔太太给我们带来惊喜之后，我似乎都记不起村里还有别的双胞胎降生了——这都多少年了？六年前的事了吧。”

“七年。”医生纠正道，“我出席了仪式。”

牧师对着盘子中堆起来的坚果壳怅然若失地一笑。

“死水无澜。”他沉静地说，“15年过去了，一切都毫无变化。出生，结婚，死亡。这就是所有的大事了。彭德里尔，我想那些更成功的同僚们会说咱们是在一潭死水里浪费生命。这里什么事都没有。什么都没有！一切都以同样缓慢的速度徐徐向前流动，尽管天晓得，我也决不允许它发生什么惊天动地的巨变！我爱这里，彭德里尔。这里是我的家，我的精神家园。我教区内的居民每一位都千金不换。”

“连内德·索尔特也不换？”医生问。

“是的！没错！就连内德也不换。去他的，老兄，总得有那么一个灵魂来让我拯救吧。否则我工作的价值何在？我会闲得发胖的。”

“工作，”他们从桌边站起身，医生说道，“似乎也没有对你的身体造成什么损害。要不是对你了如指掌，我大概真要怀疑你得糖尿病了。”

他们回到温暖舒适的书房，牧师朝火炉里添了几块大木头，随后递过来一个雪茄盒。

“试一支。”他鼓动道，“亨利·克莱牌的。”

这都是他们每周一晚上庄严仪式的一部分。他总是递过来亨利·克莱，而彭德里尔总是拍拍自己的口袋说自己无意贬损雪茄，只是更喜欢抽烟斗而已。

咖啡送进来了。他们坐进扶手椅中，两个酒足饭饱的单身汉周身舒坦地抽起了烟。在柔和的灯光下，他们都沉浸在彼此友谊和尊重的氛围中。

不一会儿，医生漫不经心地用脚踢了踢炉前毯上的小板条箱。

“都在这儿了吧。”他假装不在意地说。

“一如既往。”

“我认为咱们这次收获颇丰。都是上乘之选。我费了好大的劲。每次轮到我的时候，我总想比你上一周的选择更胜一筹。”

牧师做了个不赞成的手势。

“那我就拆啦？”他边说着，边从口袋里掏出一把又大又耐用的折刀。

“当然。”

似乎是想要将期待的愉悦尽可能地延长，牧师慢悠悠地剪断绑在板条箱上的绳子，撬起盖板。箱内垫着牛皮纸，里面两摞色彩鲜艳的书籍码放得整整齐齐。牧师一本一本地拿起来，检查一眼书名，点评一番，再把书放到椅子旁的桌上。

“一个富有天主教色彩的选择。”他总结道，“咱们来看看——一本埃德加·华莱士——选得好，彭德里尔，那本我还没读过。你的记性了得啊，亲爱的朋友！W·J.弗莱彻的新书。太棒了。一本法吉翁，一本多萝西·L.塞耶斯和弗里曼·威尔斯·克罗夫茨。还有我的老朋友，我亲爱的老朋友，阿加莎·克里斯蒂。但愿这本写的是无所不能的波洛先生的新冒险。我必须祝贺你，彭德里尔。区区六本书，你就把犯罪、悬疑、惊悚和推理一网打尽了！”

医生咳嗽一声，一门心思地吧嗒着烟斗。

战利品分配完毕，其中3本被递给了彭德里尔。它们将于周四与牧师手头的3本进行交换。到了周六晚上，这6本书都将重新被装进小板条箱，送回位于格雷斯托克的借阅图书馆。与此同时，牧师会在周五的时候将自己从书桌上成堆的报刊中选出下周的书目寄出。

多年以来，医生与牧师对自己这种从犯罪小说中间接获得的、也可能相当常见的沉迷一直持纵容态度。这也是教区内的一小则笑谈。两人都毫不掩饰自己对这些作家的钦佩之情，他们凭借蜘蛛一般的韧性编织起一张网，期望着受到怂恿的可怜读者顺着那一根根线抽丝剥茧、究本追源。

比如，若是星期五在考夫街相遇，他们之间的谈话总是这样的。

牧师问："彭德里尔，你有主意了吗？"

"哪本？"

"当然是《三蟾蜍》了，其他的都是小儿科。"

说到这儿，彭德里尔会挤挤眼，露出会意的神色。

"你猜了吗，多德？"

"我猜到了。"

"是谁？"

"不，我是在问你。"

"我高度怀疑，"医生接着会用一种并非高度怀疑，而是十拿九稳的口气说，"凶手就是露西·加斯坦。"

接着多德牧师便会迸出一声胜利的欢呼。

"我就知道你会这么想。我*就知道*。"

牧师带着一副高深莫测的智者神情愉快地前往博斯考

恩农场赶赴与格雷诺夫人的茶约。试想一下，那么简单的障眼法居然就把老彭德里尔给骗住了！他真是老糊涂了。他还没有适应20世纪早期的那些套路。这些新颖的心理方面的障眼法，大量的技术细节，对彭德里尔来说有点太难了。他只能回到柯南·道尔的早期路子上去。

也许牧师确实比他的同伴更善于消化侦探小说中的种种机关。他能记得以前书中出现过的一些奇怪的转折、证据之间的微小偏差、巧妙的侦查手段、盘问时的技巧，以及作家在写推理小说时所需的全部零星知识。他的脑袋，尽管现在正在飞快地变得稀疏，里面却塞满了职业侦探惯用的所有知识。依靠自己敏锐的观察力，他常常能冷不丁提起某人在特定某天中的行踪，这让他的教众们感到惊奇，甚至恼怒。天哪，不！——他当然没有跟踪他们。没有比这更无礼的了。他不过是用最简单的推理法，二二得四了而已。

不过，但愿凶案的阴影永远也不会降临到他心爱的教区里那些灰石建成的村舍、长满金雀花的田野和绝壁环绕的大海上。他更愿意从纯属虚构的罪案中获取间接的兴奋和理解深奥的诡计。

图书仪式结束后，两人便开始有一句没一句地闲聊，其中大部分都是些当地的信息，因为彭德里尔和牧师都不怎么有时间到博斯考恩以外的地方去消遣游玩。

“我们当地的大文豪怎么样了？”医生打破长久的沉默，问道，“我最近没怎么见到他。是在忙吗？”

“非常忙，”牧师答道，“正忙着润色他的战争小说，自传体的，上次见到罗纳德时他这么告诉我的。这话就咱俩私底下说说，彭德里尔，我觉得那个男孩看起来不太好。他看上去……怎么说呢，绷得紧紧的——甚至都有点狂乱。我敢说这是超负荷工作造成的。”

“有可能。”彭德里尔不置可否地回答，“他是神经高度紧张的那种人。当然，战争极大地损伤了他的神经。但你还指望什么呢？他们把他送到法国时，他还只是个少年。他可能要花几年的时间才能消除战争带来的压力与打击。这本书也许能帮到他。”

“怎么帮？”

“用医学上的话说就是——清除他体内的毒素，净化他头脑中积贮已久的幻象。曾经有过这样的病例……”

牧师点点头。他想起了上次在崖边小径上与罗纳德·哈迪的相遇，当时他为男孩那苍白的脸和颤巍巍的动作颇为忧心。他称其为男孩。当然，在一个走到人生最后阶段的将死之人眼中，即使一个34岁的人也显得年轻。牧师心想，真是一个善良而敏感的人，有着钢铁般的意志，不断受到锤压，一弯再弯，却从未折断。这是几年前那场噩梦般经历的自然产物，它困扰着全球的青年男子。

或许，这男孩单身未婚是件憾事。他是那种会珍惜来自女性关怀的人。他渴望受到呵护。他脸上总带着一种罕见的迷茫的神气，仿佛一个终日埋头工作的人，生活的种种单调乏味使他既困惑又烦恼。当然，也有关于他的风言风语。在博斯考恩永远都不缺谣言，尤其是关于罗纳德的。自从两年前在湾舍定居下来后，他就被视作一个神秘且浪漫的人物。作家在这个村子里可是一个新物种。然而，牧师忍不住猜测，关于罗纳德和露丝·特雷加森是一对儿的传言，难道真的只是猜测、没有事实依据吗？他自己也亲眼见过几次他俩结伴散步，一起聊天。可上帝保佑！这再自然不过。露丝是个迷人、聪慧的姑娘——和她叔叔一起住在那座荒凉的老房子里过着“小日子”，也许有些孤单。而罗纳德一旦放下天生的矜持，就变得极为生动有趣且健谈。不知怎的，这似乎是必然之事，他俩能在彼此的陪伴中获得某种安慰。但除此之外……这个嘛……*有可能*是比单纯的志趣相投更热烈的情感——但从另一方面来讲，也可能不是。

突然一声惊叹打断了他的沉思。彭德里尔指着窗户。

“哎，你看到了吗？透过窗帘的缝隙……闪电。看起来要有一场大风暴了。”

仿佛是为了证实他的话，传来一阵低沉的轰隆隆的雷声，起初在远方，接着滚滚袭来，啪啦一声，似乎就从牧师公馆的屋顶上劈了下来。

“我早就料到了。”牧师心满意足地吸了一口雪茄，接着说道，“我出奇地害怕暴风雨，彭德里尔。当然，不是为我自己，而是因为我的教堂。它那样偏僻，而且空旷。我无法想象这座塔若是倒塌了，格雷诺大钟也紧随其后的话，那会是怎样一番景象。亲爱的朋友，我一直留神看着那位‘老爷爷’呢，直到暴风雨过去。”

“为什么？”

“为了安心。我从窗户望出去，每天都能看到格雷诺家的人给那钟校准。风雨无阻。万一我的老爷钟罢工了，教堂的钟也没反应……你能明白我的意思吗？”

“雷声这么大……”医生接过话头说，“大钟响不响也无所谓了。”

“听。”牧师说。

格雷诺大钟传来了微弱悦耳的报时声，随后的九声被狂风吹散，依稀可闻。教堂的大钟还没响完，牧师的“老爷爷”又像小猫咪一样咕噜噜地叫了起来，还发出叮叮当当的伴奏声。

医生掏出手表，挑剔地摇了摇头。

“慢两分钟，多德。没用的。最好还是放弃你的老式办法，改用无线电来给你神圣的大钟对时。”

“啊，这种现代精神。”牧师叹了口气。他用一句老掉牙的话来反驳老友的苛求，“只要我看到你来做礼拜，彭德里尔，转天我就在家里装一套无线电。这么多年来，你从未赏脸出现在我的听众席里过。我在那儿有一场布道……”他朝窗边那张大桃木写字台点点头，“我可以说，这会是一件充满激情且富有争议的事。时间是下周日。你怎么说？我不得不坐在这儿听你讲医学。你何不回礼一下，换你来听听我对宗教的看法呢？”

“你哪天去了我的诊所，我就去教堂拜访你。”医生辩驳道，“多德，当我精神失序的时候，自然会来找你修补。不过在那之前，我还是继续做一个……”

“无神论者吗？”牧师暗讽道。

“是不可知论者。”医生说。

“可是，亲爱的彭德里尔，你难道不明白，有铁证可以证明上帝……”

紧接着，他们便展开了永无止境的形而上学辩论。医生惜字如金，坚持科学精神——牧师则洋溢着职业化的激昂与游说，他伸出胖胖的双手，人在椅子上挪来挪去，猛吸还没点火的雪茄，当彭德里尔装疯卖傻，拒绝认同基督徒立场的论调时，他还敲起了自己的膝盖。

在他们的头顶上，随着争论的进行，恶劣的天气似乎也在吵架。一阵又一阵的雷声从海上刮来，在雨水冲刷的海岸上空炸得粉碎。

“哦，我同意！我同意！”牧师的声音因为激动而变尖了，“可为什么要把所有的真理都建立在科学证据的基础上呢？那么宗教呢，我亲爱的朋友？没错，我说的是宗教正统。优良古老的早期基督教。毕竟，信仰是必不可少的……”

牧师说到一半停了下来。他的手势还没摆完，就落回了胖乎乎的大腿上。桌上的电话突然响起，惊走了一只被困住的恼人蚊子。头顶上又响起一长串雷鸣，声音越来越大，最后是一声加农炮一样的爆炸声。

“我们乡村牧师公馆的宁静……”彭德里尔笑道。多德从椅子里缓缓起身，摇摇晃晃地走到响着的电话前。“英格兰乡村的宁静仍是……”

“拜托！”牧师叹了口气，用怒视顽劣儿童的眼神看向彭德里尔，“可能是主教！”

他拎起听筒：“喂？是的。请讲。谁？哦，是的，他在这里。紧急吗？稍等——我来告诉他。”

他转过身来，平日里和蔼可亲的圆脸此刻看起来忧心忡忡，他朝彭德里尔皱了皱眉。

“找你的。是露丝·特雷加森。她听起来很沮丧，彭德里尔。事出紧急。”

彭德里尔一把抓过递来的听筒，正巧又一阵闪电的强光透过窗帘的缝隙劈进了房间。

“是我。”他轻快地说，“出什么事了吗？”

牧师满心好奇地站在那里。是什么？发生了什么事？露丝的声音听起来怪怪的——他该如何形容呢——惊惧不已。对，就是这样。

听筒传来一阵断断续续的声音后，彭德里尔的声音响起：“天哪！我马上就去。在我到那儿之前什么都别做。”他朝牧师转过脸：“特雷加森中枪了。”他言简意赅地说，“你必须赶紧报警。给格劳奇打电话，让他骑车去格雷灵斯，越快越好。”

“特雷加森中枪了？”

多德牧师站在书房中，完全被弄糊涂了。金边眼镜后面的双眼闪烁着疑惑不解的光。中枪？特雷加森？可怜的露丝。真是个悲剧！

彭德里尔已经冲进大厅，穿上大衣，抓过帽子套在了头上。在他跑出前门冲向停在那里的车时，牧师喊住了他。

“彭德里尔！这是意外吧？”

医生的声音越过汽车引擎的嗡嗡声传来。

“意外？不！根据露丝的描述——当然，我还不知道细节——她叔叔是被*谋杀*的！”

第二章

拉开的窗帘

格雷灵斯，彭德里尔医生正驱车前往的房子，离海很近。这是一座用灰石和绿灰板岩砌成的方正房子，其貌不扬。这些原料，自然都是从当地开采出来的。这是一个与世隔绝的地方，几棵因天气原因而长势不佳的山毛榉分布在背水面，西窗正对着波涛沉缓的大西洋。马路和房子之间的地段坡势挺陡，其中连着一条大约四百米长的陡峭车道。

在房子靠海的那面有一小块用墙围起来的长方形草坪，边缘栽了一排稀稀拉拉的花，花圃背后是一条崖边小径。小径的尽头就是悬崖，此处大约四五米高，直插入海。在这一段海岸上压根看不到海滩，原因很简单，这片土地是从村子向外延伸形成的一片宽阔的海岬，露丝的祖父老特雷加森当年就决定将房子建在最靠海的地方。天气不好的时候，屋子的窗户总会被打湿。因为撞上悬崖壁的大西洋海浪会碎成玻璃碴儿一样，被风刮到窗户上。露丝的祖父曾经说过，如果他的卧室大到能投出一个铅锤，那他都可以从楼上的窗户里钓鱼。这当然是一种无可厚非的自夸，因为他那一小块草坪的长度跟渔民们的钓丝的长度压根没法比。

崖边小径从格雷灵斯花园的尽头就开始以一个大弧形缓缓地延伸向博斯考恩。这个村子，事实上，被一个多沙多石的小海湾所环绕，这样的风貌在那一带沿海地区再常见不过了。格雷灵斯就在悬崖边的小路旁，距离海湾有一公里左右，不过还是靠路更近一些，因为车道和公路本身构成了一个三角形的两边。

格雷灵斯门口的车道连着公路，但在公路的另一旁就是教区的牧师公馆。从多德的书房窗口望出去，格雷灵斯就好像位于牧师公馆和大西洋之间，由于地势急剧下降，格雷灵斯的实际高度其实远远低于牧师公馆。与牧师公馆相邻的是教堂，一座带有坚固的方形主楼的诺曼式建筑，当然，还有格雷诺夫人的祖先捐赠的那座著名的报时大钟。至于最初的建筑师将教堂选址在村子一公里开外的地方是不是为了检验大家信仰的坚定程度，这就不得而知了。总之，每到周日，在博斯考恩总能看到一队虔诚的基督徒，三三两两地在荒凉、寸木不生的公路上踽踽前行，然后在旅途的终点，接受和蔼可亲的多德教士对他们展开温和的长篇大论。

因此，医生只需要开几百米的路就能把车停在朱利叶斯·特雷加森家没有掌灯的门廊前。雨停了，朦胧的月亮在如丝如缕的云间时隐时现。雷声仍在上空隆隆作响，但风暴显然已经过去，正将能量向别处转移。

然而，就在路上这短短几分钟的时间里，彭德里尔的大脑也没有停止运转。朱利叶斯·特雷加森为什么会被枪杀？彭德里尔想不明白。他对露丝的叔叔固然评价不高，这样的看法在村子里是普遍存在的，但不喜欢一个人和对他痛下杀手之间还是有很大差别的。特雷加森沉默寡言，甚至有点神秘兮兮，动不动就发脾气，总是在粗鲁无礼、愤世嫉俗和漠视他人感受之间来回切换。但另一方面，他是一个有主张的人，据彭德里尔所知，这人绝对正直。他是教区议员，经常去教堂，是当地一两间俱乐部的主席，还在格雷斯托克的法官席担任过治安法官。作为一个经济独立的人，他曾慷慨地——尽管断断续续——捐赠过本地区内的各种慈善机构。他的历史并不神秘。自从露丝的父亲去世后，他就在格雷灵斯住下了，15年前，露丝的母亲也早逝后，朱利叶斯就成了为侄女幸福护航的唯一监护人——他显然全心全意、毫无保留地担任了这样的角色。露丝在寄宿学校接受教育，在欧洲大陆旅行了几年后回到博斯考恩，非常乐意定居在格雷灵斯，直到不得不离开——比如，出嫁的时候。

可现在，这个普通家庭原本静好的日常生活已经被灾难所打破。

彭德里尔刚砰的一声用力地关上车门，露丝就打开前门迎了出来，彭德里尔被她的样子吓住了。她的脸上没有一丝血色，平日里的踏实与决断也似乎被激烈的情感打击所吞噬。当她抓住他手的时候，他注意到她抖得厉害。他一言不发，将她的手挽入自己的臂弯，大步走进灯火通明的大厅，将帽子扔在电话桌上，然后走进起居室。

特雷加森侧身倒在没拉窗帘的落地窗旁。一只胳膊蜷曲着垫在身下，另一只则像信号臂一样与身体呈直角。他硕大的脑袋淹在一摊血泊中，鲜血已经沿着壁脚板的边缘在光滑的地板上流出了几尺远。那沉重的下颌像船头一样向前突出，与此同时他牙关紧咬，露出一个极度吓人的不自然的微笑。在他高前额的稍左侧，有一个整齐黑边的洞。

毫无疑问，特雷加森已经死了。他的死肯定是一瞬间的事。彭德里尔知道，就医疗救助而言，这个人已经超出了救助范围。

在他初步粗略检查尸体的时候，露丝双手掩面，瘫倒在长椅上。同时，管家考珀夫人一直瞪着眼睛在后面转来转去，滔滔不绝地说着什么。

考珀——园丁兼零工谦逊地走上前来，问他需不需要帮忙。

彭德里尔摇了摇头。

“考珀，在警员到来之前，我无能为力了。我确认他已经死亡了。”他转向考珀夫人，带着一副权威的锐利神情打断了她空洞的胡言乱语，“现在，考珀夫人，我希望你把露丝小姐送到她的房间里去。”他走近那个姑娘，将她从长椅上扶了起来：“亲爱的，你在这儿再待下去也没有意义了。警员到了就交给我来处理。稍后他们可能会想见你，但在那之前，你应该安静地躺在床上。明白了吗？”

医生那波澜不惊的声音多少使露丝平静了一些，她点点头，说不出话来，乖顺地照做了。考珀夫人跟在她身后正要走出房间时，医生叫住她。

“热牛奶，加适量的高度白兰地。”他说，“看着她喝下去。不要疏忽大意。这是一个巨大的打击。”

房里只剩下考珀先生一个人，医生关上门，将房间迅速检查了一遍。他先将注意力转向窗户。窗户一共有3扇，两扇固定，一扇像门一样可以向外打开，通向那块长方形的草坪。每扇窗又分为6个窗格。玻璃上分布着3个弹孔——一个在右手边那扇固定的窗户上方；一个在中间可开合的那扇距离底座大约1.8米的地方；还有一个在左手边那扇固定窗户的中间。很明显，射入特雷加森头部的那颗子弹来自中间的那扇窗。

窗帘从中间拉开，堆在了右侧。彭德里尔把脸转向考珀，此前他一直保持着警惕的沉默，跟在彭德里尔身后。

“这些窗帘，考珀，平常是这样的吗？我的意思是，特雷加森是不是有不拉窗帘坐在这儿的习惯？”

“不，先生。这正是我刚才进来后觉得不理解的地方。我的妻子平时都会在上咖啡之前特意拉上窗帘的。”

“那今晚呢？”

“噢，是拉起来的，先生。特雷加森先生喝完咖啡后我抱着一捆柴火进来过，当时窗帘是拉上的——我可以发誓，先生！”

“先不要急……誓可以留着等警察来了再发。”彭德里尔说，“这话听起来有点像警察了。”他补充道。就在这时，前厅的门铃打破了房里的寂静。“让他进来，考珀。”

可来者并不是警察，而是牧师。

“亲爱的彭德里尔，我必须过来一趟。我给格劳奇打过电话，他已经出发了。我必须来一趟。我想到了露丝。也许我能……”他的目光触碰到了特雷加森倒在窗边的尸体，“看来这是没救了。”他平静地补充了一句，“可怜的家伙。”

考珀缓缓地走上前来，脸色苍白。

“如果没有别的事了，先生……这……让我有点六神无主。”

“没事了。去喝杯烈性威士忌吧。不过得提醒你一句，警察来了以后会找你问话的。”

考珀感激地点点头，努力将视线从尸体上挪开，然后跌跌撞撞地快步走出了房间。

彭德里尔掏出他的烟斗点燃。牧师留神脚下，慢慢地在房间里迈步，透过他那镶金边的眼镜观察着周边。

“你已经注意到这些了吗？”他说着，指了指窗户。

“发现了——3个弹孔。击中特雷加森的是中间那个，这一点毫无疑问。”

“胡说，除非他站着。可外面并没有什么可看的，他为什么要站在没拉帘子的窗前呢？”

“有闪电。”彭德里尔提议道，“他拉开窗帘可能是为了观察风暴对海面的影响。”

“我猜应该不是他把窗帘拉开的吧？”

医生将考珀的话向他复述了一遍。

“真奇怪。”牧师说着，从窗边慢慢走到了房间的另一头。

他此刻百感交集。今夜的悲剧来得如此迅疾，结束了朱利叶斯·特雷加森的生命，他感到惊恐与沮丧。意外失去亲人的姑娘让他心生怜悯。然而，除了这些完全下意识的反应之外，他还被好奇与兴趣的炽热光辉点燃了。他的内心天人交战。他觉得不应该从犯罪，尤其是谋杀中得出罪不可恕与不可思议以外的任何评判。但与此同时，这个叫好奇的小恶魔不停地拽着他的袖子，要吸引他的注意力。是的，他必须承认。在这件案子中，除了其悲剧性的一面，他还深深地被谜团的答案所吸引。他身上的侦探因子被激发出了新的活力，因为眼下他身处的并不是悬疑故事，而是发生在现实生活中的一场谋杀。当然，他知道这样不合适，甚至是罪过，但那个小恶魔却比良知更有吸引力。他想知道答案。他想查明朱利叶斯·特雷加森的死因，如果最终证实这个案子疑点重重的话。当然，警察会从他们手里接过这桩案子。逮捕罪犯是他们的工作。而他的工作则是向同胞灌输兄弟手足之爱，从而使罪行绝迹。这个观点很有说服力。可还是好奇的小恶魔更有吸引力。

“彭德里尔。”他突然说，“快来看！”

他指着一幅水平一般但也颇为生动的油画，画中是一位装备齐全的帆船船员正一头扎进深渊。画布很大，高高地挂在墙上，距离镀金相框大约两三厘米的地方，阴沉的天际上留下了被子弹打穿的明显痕迹。

“第一颗子弹。”彭德里尔说，“左边的窗口。”

“那这里呢？”牧师指着天花板下一根橡木梁上的一

个小裂孔问道。

“第二颗。”彭德里尔说，“右边的窗户。”

“那第三颗呢？”牧师问。

“大概在房里的哪个地方。肯定有弹头。因为子弹穿过了大脑。我可以保证。”

“也许就和这个有关。”牧师说着，手指划过橡木餐具柜面板上的一个深深的凹痕。“子弹就在附近的地上。也许我们……”

他的话被前门的又一声门铃给打断了。这意味着在艰难地骑了一段上坡路后，格劳奇警员来到了格雷灵斯。考珀将他领进来，朝彭德里尔点了点头，便又回厨房喝威士忌去了。

这位博斯考恩的警员拖着自己那160斤出头的身躯从海湾那侧漫长地一路骑上来，正累得气喘吁吁。他天生慢性子，不习惯匆忙行事，再加上听闻特雷加森被枪杀的噩耗，竟有些喘不过气来。他摘下头盔，用手绢在里面抹了一圈，又轻擦了一下前额，朝两人点头示意。

“晚上好，先生们。现场没动过吧我想？”

“没有，警官。”医生说道，“连尸体也没碰过。”

“我猜，您到这儿的时候他已经被确认死亡了吧，先生？”

“没错。”

警员走过去，长久地看着尸体。这是他整个职业生涯中第一次受命调查一桩疑似谋杀案，而且他并不打算低估这一事件的重要性。

“嗯。”牧师说，“子弹穿过了大脑，我想这不会是自杀吧？”

牧师指了指窗户上的弹孔。

“正是。”格劳奇说，“没有人能从窗外射中自己。可能是意外吗，先生们？”

“概率很小。”医生插嘴道，“一枪——有可能是意外，但三枪，不可能。有人朝房里开了3枪。”

“第一个发现尸体的是谁，先生？”

“特雷加森小姐。她正躺在房里休息。是我让她在你抵达之前先去休息的，警官。我已经提醒过她，她可能需要回答几个问题。”

“完全正确，先生。我待会儿需要录一份口供。当时家里还有其他人吗？”

“考珀夫妇。考珀夫人和特雷加森小姐在楼上。考珀在厨房里。”

格劳奇说：“我也想和他们谈一谈。我已经给格雷斯托克的警察总部打过电话。他们会派一名督察过来。现在……”他抽出笔记本，用拇指轻轻翻开，“我们先和特雷加森小姐说几句。”

“也许您希望我……”牧师说着，向门口挪了挪。

“不，没关系，先生。我相信督察应该也会想问您几个问题的。再说了，有你们在房里，我相信那位小姐也会更自在些。”

露丝下了楼来，显然还有点瑟瑟发抖，但现在多少恢复了些自控力，双颊也有了些血色。医生正要给她搬把椅子，这时警员摇了摇头。

“应该还有别的房间空着吧。”他说着，头迅速朝尸体点了一下，“要不就餐厅吧。”

餐厅里的气氛更为平和，炉火还没有熄灭，紧张空气被缓和了不少。露丝立刻陷进一张扶手椅，彭德里尔和牧师也在桌旁拉了两把椅子。格劳奇把自己的头盔搁在餐具柜上，在炉毯上对着露丝站定。

“特雷加森小姐，我听医生说是你最早发现死者的。还记得具体时间吗？”

“连分钟数我都说得上来。”露丝用克制的声音回答，“我记得我进门的时候大厅的钟刚敲过一刻钟。”

“你直接进了起居室？”

“是的。”

“你之前出门了？”

“是的。”

“那么，你是在9:15发现尸体的。”

“根据钟声，正好9:15。”

“小姐，你是从哪条路进屋的？从车道那边走上来的？”

露丝稍有犹豫，低下头看着炉火，飞快地说。

“不——是沿着崖边小径。我刚才出门散步了。”

警员抬头锐利地瞥了她一眼。

“啊！——崖边小径。你可曾发现有可疑人员在附近徘徊？”

“没有。”

“小姐，我猜你应该知道特雷加森先生是从屋子的那个方向遭到枪击的吧？”

“是，我现在知道了。”露丝平静地回答。

“你回家走的哪条路？”

“从村里来的。”

“你回来的路上一个人也没有碰见吗？”

“没有人。”

“也没有听到什么异常的声响——比如枪击——没有开枪的声音吗？”

“没有。”

警员叹口气，用铅笔敲着壁炉架。这条线的问询似乎扑了个空。

“你进了屋，小姐……”

“从侧门进的。那里有一条小路……”

“我知道。”格劳奇插嘴道，“这条小路沿着花园的围墙，与崖边小径是直角。”他和蔼地笑笑，“你瞧，小姐，在你还没出生的时候，我就熟知这个地方了。”

停顿片刻，警员似乎在考虑下一步应该怎样展开问话。

“当你沿着崖边小径经过花园尽头的时候，发现了窗帘没拉吗？”

露丝点点头。

“但你没有觉得这不正常？”

“我为什么要这样觉得？”露丝平静地问。

“没错。你不需要。你穿着雨衣吗？”

“是的——你也知道当时在下雨。”

“我猜，小姐，你应该淋得挺湿的吧？”

“我浑身都湿透了。”露丝表示同意，对这些看似无关紧要的问题感到困惑。

“然而，”警员接着说，“你却在*并不知道*特雷加森先生遭遇了不测的前提下，没有脱湿衣服就径直走进了客厅？”

“是的——不是——那是……”

“什么？”

露丝的突然犹豫使彭德里尔和牧师吃了一惊。到目前为止，面对警员的提问她都是脱口而出，从未停下来思考过。可是这个并无恶意的关于湿雨衣的问题，出于某个奇怪的原因，让她感到不安。

“小姐？”格劳奇又重复了一遍。

“我当时并没有怎么留意我的衣服。我习惯了潮湿。对我来说，穿着户外的衣服进屋见叔叔的事时有发生。”

“我明白了。现在，特雷加森小姐，请描述一下你进屋时看到的情形好吗？”

露丝低声诉说，还得不时地停下来，重新控制自己的情绪。尽管她的证词清晰简洁，可她似乎仍处于精神崩溃的边缘。

“在确认你叔叔已经死了之后，你做了什么？”

露丝继续描述她是如何把考珀夫妇喊来，然后冲到电话旁，给洛克豪斯的医生打电话。得知他正在牧师公馆吃饭后她就把电话打到了那里，将这桩悲剧告知他。然后她回到起居室，尽她所能，确定自己的叔叔已经死了。一听见车道上医生汽车的声音，她就冲出去迎接他。

她讲述完毕，警员转向彭德里尔。

“先生，关于接到电话的时间，您有印象吗？”

医生思索片刻。

“恐怕没有。当时9:00已经过了，这我知道，但牧师正在和我谈……”

“稍等。”多德牧师激动地插嘴道，“我想我能帮你，警官。电话铃声大约是在9:20响的。我碰巧知道是因为我有一个——呃——癖好，就是在暴风雨中听教堂的钟声。”接着他解释了自己对塔楼安全性的担忧，“当我和彭德里尔医生谈话时，我潜意识里在等待一刻钟的报时。我清楚地记得听到了钟鸣。你知道的，那座塔离牧师公馆只有一箭之遥，只要风向正确……”

“谢谢你，先生。”格劳奇说，并朝牧师感激地点了点头。“我认为这与特雷加森小姐发现尸体的时间基本吻合。”他转向露丝，对方现在合眼靠在扶手椅上，仿佛正在试图回避格雷灵斯的餐厅里有一位警员的反常场景。“谢谢你，小姐。我想我没有什么要问的了。你帮了很大的忙，特雷加森小姐，对于您的不幸，我以个人的名义向您表示我诚挚的同情。”露丝在牧师的陪同下摇摇晃晃地朝门边走，警员又说了一句，“现在，先生，劳驾您请一下考珀夫人。我想听听她怎么说。”

第三章

足印之谜

考珀夫人走进房间时的样子就跟走进狮笼一样。她看上去既紧张又忧虑。她的眼睛哭得通红，她看看医生，再看看牧师，然后用一种呆呆的凝滞神情，望向了警员。格劳奇随意地朝她挥挥手，让她坐到扶手椅上。他没有浪费时间，把刚才在露丝·特雷加森身上用过的相似的问答法又演练了一遍。

“现在，考珀夫人，希望你对自己接下来说出口的话能有十足把握。”他开言警告，“在这样的时刻，想象是件很容易的事，但我要听的是事实。就是这样。纯粹的事实。现在开始——你最后一次见到特雷加森先生还活着是什么时间？”

考珀夫人将警员的告诫谨记在心，在开口回答这个问题之前深入地思考了一番。她朝屋里的其他人投去一个警惕的眼神，仿佛怀疑有人给她下圈套，便带着一种寻衅般的审慎回答道。

“我像往常一样，在8:45将咖啡送了进去。特雷加森先生是个有规律的人，他喜欢一切都秩序井然。他喜欢让我在8:45的时候把咖啡送进去，也会在8:45的时候喝上。”

“你进去的时候窗帘是拉上的吗？”

“不，是由我拉的。这是惯例。”

“完全拉上？”

“完全拉上，格劳奇先生。”考珀夫人确定无疑地答道，“无人有权指摘我今晚没有像往常一样履行职责。”

很显然，考珀太太的紧张却表现成了愤恨，她对自己被疑为与主人之死有干系而感到愤怒。她与格劳奇有点私人交情，格劳奇是她小姑夫，但这并不能缓解眼下这种反常的局面。公事公办的格劳奇与那个坐在拉博南农舍屋檐下、在安妮的客厅里喝茶的格劳奇判若两人。这让考珀夫人有些摇摆不定。

“别紧张。”警员好言安慰，“我并不是要给你定罪，考珀太太。我只是希望我问什么你就答什么。明白吗？”他看了眼笔记本。“这么说，你是在8:45左右最后一次见到特雷加森先生还活着的。在那之后，你有听到过什么不寻常的动静——比如开枪的声音吗？嗯？”

“没有，我没有听到什么不同寻常的声音，当然，除了电闪雷鸣。所有的响雷都在烟囱上方炸响，我记得我还就此对考珀说过……”

“好的。没有发现异常。接下来是一个非常重要的问题。考珀太太，我希望你仔细想清楚。你今天晚上有没有看见什么人，比如一个陌生人，从任何一扇窗前走过？”

“这我倒没有留意，格劳奇先生。天这么黑，而且……”

“或者今晚的早些时候在房子周围转悠？”

“没有，我……”考珀太太突然打住话头，张大了嘴，似乎对自己上佳的记忆力感到惊讶。彭德里尔和牧师坐直，迅速地交换了一个眼神。警员急切地向前迈了一步。

“有吗？”

“你这么一问，我现在倒是想起来了，我确实看到了一个人。他像只兔子一样突然从灌木丛中蹿出来，然后与特雷加森先生争吵起来。就在车道上。这都是我在厨房盛晚餐时透过窗户看到的。”

“那是什么时候？”

“刚过8:00的样子。我当时还跟考珀提过一句。看到一个人这样突然冒出来，感觉是很奇怪的。”

“他看起来是在和特雷加森先生说话吗？”

“没错——言辞激烈。我当时就觉得他们吵得厉害。”

“那我猜你没听到他们说话的内容吧？”

考珀夫人带着失望的神情摇了摇头，思虑了一阵，突然想起了一件事，便又高兴起来。

“稍等，格劳奇先生。我听到了他们最后说的那句话，不过事先提醒你一句，没有多少信息量。他们说的是‘报仇’或者类似的说法。”

警员从牙缝里轻轻地吹了一声口哨。

“是那个男人说的，不是特雷加森先生？”

“没错，他说的是——该死！这话就在我嘴边了——他说的是——‘就算上绞刑架，我也要报仇。’就是这话！当时这句话我没往心上去。”

“那是自然。你记得这么清楚，很棒，萨拉。”格劳奇说着，褪下了他公事公办、高不可攀的神气，朝考珀夫人咧嘴一笑，“这很可能是条有价值的线索。说到这个人，你能描述一下吗？”

“这个嘛——他有点矮。”

“很矮吗？”

“我想是的。他站在特雷加森先生身旁简直就是个小不点儿。但那会儿看上去，他很神气。”

“好的——能形容一下他的长相吗？”

考珀夫人摇摇头。

“他站在灌木丛的阴影背后。那里只有厨房窗户透出去的一点微光。”

“他穿的什么？”

“我说不准。”

“你没注意到他的着装有什么特别之处吗？”

“只有他的绑腿。我在他朝车道上走的时候注意到他穿着绑腿。”

“绑腿！嗯，那是个重要特征。你做得很好，考珀夫人。我不应该再打扰你了，除非督察稍后还想再问你几个问题。有劳你把你丈夫喊进来。我不会耽搁他太久的。”

考珀太太刚一关上门，警员就转身把脸对着彭德里尔和牧师。

“这很重要，先生们！很可疑，是吧？一场争吵。言辞激烈！看来我们不用花多大劲就能找到我们想找的人了。”

彭德里尔点点头。

“你做得很好，格劳奇。督察到了以后应该会很高兴。你说是吧，牧师？”

“嗯？是吗？”多德牧师从沉思中反应过来，问道，“督察——高兴？的确是。进展可观，格劳奇。”

说毕他立刻再次陷入了沉思，他把这桩案子的事实在脑子里翻来覆去地想了一遍又一遍，感到有些烦恼，又相当困惑。不知怎的，他开始怀疑这个案子是否会像表面上显现的那样简单。

考珀现在的心情好一些了，这得归功于那杯烈性威士忌。他很快就被证明是一个缺乏想象力的人，因此作为证人，他很可靠。

他证实了他妻子关于那个在车道上的陌生人的说法，但无法提供更多细节，因为他没有到厨房的窗边去。当妻子叫他过去看的时候，他正忙着给隔壁洗涤室的煤斗装煤。但考珀说得也有道理，那是特雷加森先生的事，不是他的，他正有别的事要做。至于他晚饭后的行为，在他妻子刚把咖啡送进去后，他就往起居室送了一堆柴火——也就是8:45左右。他觉得考珀太太的咖啡送得可能有点早了，因为露丝小姐在第二道菜吃到一半的时候就中途离开了，特雷加森先生也很快吃完了甜品。他不认为特雷加森先生有什么特别的死对头。在考珀先生看来，整件事就是“可恶的疑案”。他心烦意乱，也为露丝小姐感到难过，他估计她得需要好些日子才能从震惊中恢复过来。

他的口供告一段落，考珀为自己之前招待不周向牧师道歉，又唐突地与警员握了握手，再向医生致意，然后走出了房间。

“这就是了！”格劳奇一副尘埃落定的神气说道，把铅笔塞回笔记本的封皮里，“督察来了以后，我得和他一起把这里检查一遍。”他转向彭德里尔，“顺便问一下，先生，到你验尸的时候特雷加森先生已经死亡多久了？”

“我认为最多15分钟。也可能是半个小时，但我不确定。”

“你从牧师公馆过来花了多长时间？”

“哦，也就两三分钟。”

“特雷加森小姐先给洛克豪斯打电话再转接到牧师公馆，就算3分钟吧，那还剩9～10分钟。鉴于特雷加森小姐是在9:15发现她叔叔的，所以他多半是在刚过9:00的时候受到了枪击。”

“很有可能。”

“考珀夫人在8:45左右的时候看到他还活着。所以我们可以给凶案发生的时间确定一个合理的范围，先生。在8:45～9:05之间。”

关于这个问题进一步的讨论被比格斯韦尔督察和一个穿制服的司机的到来打断了。格劳奇将噩耗告知了他，几分钟后他就从格雷斯托克动身了，但汽车化油器出了故障，他*半路*抛锚了。不幸的是，车是在一条偏僻的路上熄的火，他也搭不到顺路的私家车。他做出这样一番解释，与其说是为自己的迟到道歉，还不如说是为了在医生和牧师的面前证明警察办事严谨。彭德里尔断定他是一个敏捷聪慧的人，机智但比警员更为保守。而且，他唤起了大家的信心。他以一种常规化的方式开始着手调查，既有效率又照章办事。格劳奇把他带到大厅的一边，将自己问询的大致情况告诉了他，概述了案情的要点，领他看了尸体和窗户上的弹孔，并报告了医生的检查结果。当警员把所有的情况都一一通报给他的上司后，两人重新会合了这会儿正在餐厅聊天的彭德里尔和牧师。

考珀夫人前来报告称特雷加森小姐正在她的房间里，想知道督察今晚是否还需要见她了。督察摇头。

“在我看来，完全没必要再麻烦她了。我很理解她现在的感受。不，让她尽可能地多休息吧。接下来的一段日子她恐怕会过得很艰难。”他在考珀夫人正要离开的当口又加了一句，“你和你丈夫最好也休息吧，考珀太太。”

管家退下后，比格斯韦尔督察对彭德里尔和牧师说道：

“先生们，我没有理由再耽搁你们的时间了。”

“我们帮不上忙是吗，督察？”

“这个嘛，我不是这意思，医生。你和牧师要是愿意留下来，我想你们可以在我们继续调查的时候提供一些当地的信息，比如地形之类。”

“那样的话……”彭德里尔征询地望了一眼多德牧师。

牧师点点头。

“尽我们所能，督察。”

“很好。”比格斯韦尔总结道，“那我们先把起居室再仔细检查一遍吧。”

4个人再次回到犯罪现场，督察草草检查了一遍尸体之后，把它安放到大切斯特菲尔德长沙发上[①]，盖上了格劳奇在门厅里找到的厚毯子。

督察的下一步行动是把嵌在墙里的两颗子弹取下来，一颗在天花板下方的橡木横梁上，另一颗在油画后面。第3颗子弹，短距离击穿了特雷加森头骨的那颗，在壁炉炉围旁边被发现，很明显是从餐具柜上弹回来的。督察把3颗子弹放在自己的掌心，饶有兴趣地检查起来。

他终于开腔，抬头看着几位观众："你们怎么看？左轮手枪的子弹，对吧？我觉得是军队专用的样式。战时英国远征军军官携带的那种左轮手枪。应该差不离。这下我们的范围*或许*就能缩小一点了，但恐怕也不会缩小太多。"

他转过身指着落地窗，那里的窗帘还没有拉上。

"那扇门——通向哪里？"

"一个有围墙的小花园。"彭德里尔解释道。他对这个地方很熟悉，"只是一个小的长方形草坪，三面用花坛围起来。"

"咱们去看看。"比格斯韦尔如此建议。

"我这儿有一把袖珍手电筒。"牧师热心地插了一句。

督察笑了。

"我也有，先生，警员应该也带了……常规标配。是吧，格劳奇？"

① 一种英式的皮革长沙发，扶手与椅背等高。

格劳奇感激地咧嘴一笑，很高兴能与上司分享这个小笑话，然后取下了腰带上的手电筒。

他们四人走进花园。

风停了，空气虽然清新又腥咸，却不再潮湿。很明显，雨云已经随着风暴过去了，因为天空已经变得清朗，一轮新月在大西洋的海潮上空闪烁着幽光。在矮崖的下面，波涛汹涌，可除此之外，这个夜晚万籁俱静。

到目前为止，比格斯韦尔对这个案子感到困惑不已。没有什么能继续调查的线索。考珀夫人讲的那个在车道上的陌生人的故事可能会被证明是一个有效的调查方向，可她对这个人的描述却极其散乱。绑腿——这很重要。矮个子——那更重要。但如果*真是*这个戴着绑腿的人下的杀手，没有任何理由能阻止他把绑腿扔掉，因为这实在是太显眼了。至于矮个子男人，那更满街都是！此刻，他更关心的是找到凶手开出致命一枪时所站的地方。也许有——事实上一*定*会有——脚印，因为地面经过雨水的冲刷已经变得松软，容易留下痕迹。既然雨在他们推断出特雷加森的死亡时间后不久就停了，那这些珍贵的印记就应该还是清晰的。

“现在，”他轻快地说着，拧亮大功率的手电筒，“我们先把这片花圃系统地搜一遍。如果凶手真的翻墙进了花园，那他是避不开花圃的。你看它的宽度，只有极其敏捷的人才有可能一步跨过它。”

“即使是这样，”牧师神情严肃，沉吟道，“他也会重重地踩到草坪的边缘，留下明显的脚印。”

“正是。”比格斯韦尔应道。

他朝那圆胖的小个子深深地瞥了一眼，暗忖，多德牧师是个很有才智的神职人员，他想的都在点子上，还有很强的分析能力。

“好吧，那我们就来一探究竟。”他说。

三束光圈小心地扫过花圃，空空如也，也就是说，除了几丛稀疏的水仙花之外，花圃里什么都没有栽。更没有脚印。在草坪上，搜寻人员也是一无所获。毫无疑问，当天晚上没人踏进过这堵墙。

比格斯韦尔说：“这意味着我们必须在墙的另一边碰碰运气。小心。”看到格劳奇摇摇晃晃地跨过围墙，跨在弯曲的水泥护顶上，他急忙补充道，“不要乱踩，格劳奇。”

这堵墙的三面是三条截然不同的道路。花园的尽头是崖边小径。博斯考恩那个方向是一条崎岖的小路，绕着格雷灵斯的边缘，穿过一片月桂树丛汇入前方的车道。面向悬崖的这堵墙边堆着几个栏架，显然是为了阻止羊来吃草。在离海湾最远端，也就是南边，有一条更平整的街道从崖边小径延伸到房子南面的一扇侧门。

北边的那条路只是一片泥泞的草地，显然无迹可寻。除了羊群留下的一些凌乱蹄印外，没有其他任何痕迹。

暂时绕开崖边小径，重新穿过花园，这群人把侧门门口的小路彻底地检查了一遍。督察在那里发现了他要找的东西——在松软潮湿的泥地上有两组清晰的脚印。一组走向侧门，另一组则方向相反。脚印是一个穿着高跟鞋的女人留下的。

“不管怎么说，这和特雷加森小姐的说法相符。”3把手电筒的光圈集中照在小路上的一处，督察说道，“她从侧门出去散步，又原路返回。没有什么不寻常的地方。我认为没有。格劳奇，如果你想射杀一个站在窗边的男人，你会选择站在哪里？”

“崖边小径，长官。”

“正是。在我看来，这两条边路的角度都太小了，过于冒险。而崖边小径正好和房子平行。”

几个人在督察的带领下，向崖边小径走去。督察突然停住脚步，轻轻地发出一声满意的感叹。几个人也立马站定。

他蹲在地上说：“啊！这个看起来更像。这里有一组新的脚印，格劳奇。先生们，请看。这些，当然是特雷加森小姐的——看这细小的圆根。但是这些——”他指向一只更宽大的脚印，“是别人的。”他更靠近一些，“咦！快看！这是什么？少了一只脚后跟？”

“只有一个脚后跟！”彭德里尔叫道，“脚印朝哪个方向去的？”

“向村子的方向。”

所有人的脸都转向医生，他正带着一种发现了线索的神气，细细打量着那足迹。突然，他仰头放声大笑。

“没有问题，督察。我认为你不需要对它感到困扰。”

“没有问题吗，先生？”

督察似乎对医生的轻率感到惊讶。

“没有问题。这是穆里昂夫人，如果不是她，我把脑袋砍下来给你！”

“穆里昂夫人？”

“本地的助产士。今天晚上她必须到托湾那边的一个人家去接生。是我开车送她去的。事实上，这次出诊很紧急——是双胞胎。我猜她可能是不习惯这种交通工具，下车的时候她的脚在踏板上崴了一下。我可以发誓，这绝对是她的脚印。”

“如果是男人的话，这脚印确实太小。”督察承认道，“她今晚会走这条路回来吗？”

“是的。托湾距离悬崖边也就几百米——距离村子大约一公里多点。走大路的话还要更远一些。崖边小径是两个海湾之间的近路。我本应把这位好心的女士带回来的，但她想再多待一会儿，确保威瑟斯夫人一切正常。威瑟斯是我病人的姓名。而当时的我不能再待下去了，因为我和牧师约好了一起吃晚餐。”

“你什么时候离开他们家的？”

“我想大概7:15吧。”

“穆里昂夫人呢？”

“啊，这我说不准。她可能待了一个小时，也可能是一个半小时。但我想应该不会更久了。接生的过程很顺利。”

“假设她待了一个钟头。”督察马上接过话头，“那就是说，她大约在8:15离开了他们家。给她15分钟的时间沿着悬崖走这几百米——我们不能忘记她的脚踝受伤了——这意味着她大约8:30的时候会经过这里。你明白我的意思了吗，先生？”

“凶案发生的时候，她*可能*就在这附近。”

“没错。如果她再晚一点离开，那几乎就可以肯定，致命的一枪打响时她应该刚经过这里不远。我想咱们明天还是联系一下穆里昂夫人为好，格劳奇，拿几个问题问一下她。”

“你不会是说……”牧师惊讶地插话道。

“是她射杀的特雷加森？可能性很小。但她有可能会提供能帮助我们找到凶手的信息。”

“还有第三种可能性，长官。”格劳奇恭敬地说，“也许您已经想到了。穆里昂夫人也可能是在谋杀发生*后*经过这所房子的。”

“是的——我想到了。这是有可能的。不过，就像报纸上说的那样，盘问一下她也没什么坏处。”

“这下，你知道的，督察，脚印的线索到这里就断了。”

督察此时以手撑地跪下，再次盯住脚印，似乎完全不知所措。

“你说得对，先生。它让我们不进而退了。仔细看看这条路，先生们——你也是，格劳奇。你发现了几组新脚印？”

过了一会儿，格劳奇说：

“三组，长官。两组特雷加森小姐的，一组贝茜·穆里昂的。”

“那这里呢？”督察沿着小路又向前走了一米左右，问道。

“还是三组。”

“这个，这个，还有这个？”比格斯韦尔一边问，一边沿着墙下的小路快步往前走。

结果还是一样。三组脚印！20米以内，督察认为这是一个可以击中特雷加森的角度，经过彻底的搜查，他们也没有发现更多的脚印。这几个人又把活动范围扩大到靠近墙外崖边小径那片半是蹄印半是泥泞的草皮上。他们还是一无所获！小路上有且只有三对足迹，两对属于露丝·特雷加森，一对是穆里昂夫人。

“啊，我真是要崩溃了！”督察叫道，又及时发现了牧师的存在，“我们该怎么办呢？特雷加森小姐？穆里昂夫人？一定是女人？”

“这不可能，督察。”彭德里尔表示反对，“为什么，天哪，露丝还是个孩子的时候我就认识她了！她不可能做这种事的。她的叔叔？简直荒谬！你要是觉得那个姑娘有罪，那我的老朋友牧师也有嫌疑！”

“那穆里昂夫人呢？”

“一个稳重、可敬、没有什么想象力的乡间妇女。工作恪尽职守。一提到充满母性的老派人，我首先想到的就是她。至于她举起一把左轮手枪，光是想象这个画面我就觉得不可思议。她朝四五米开外的房子开枪都会射脱靶，更别提一个站在窗边的男人了。你说呢，多德？”

“嗯？”出于个人的考虑，多德牧师在医生忙于辩驳的时候稍稍走开一些，进一步检查了一下脚印。

“露丝！穆里昂夫人！荒谬吧？”彭德里尔重复了一遍。

“哦，天哪——是的，当然。难以置信，督察。你一定是想错了。”

“好吧，我确实被难住了。”比格斯韦尔督察熄灭手电筒，总结道，“我认为咱们在这里没什么可做的了。在我看来，我们遇到的似乎是一桩头等神秘的案子。”他紧了紧系在脖子上的披风，“唉！越来越冷了，先生们。三月底的康沃尔悬崖并不适合开会。咱们回屋里去吧，如何？”

“你要是愿意到牧师公馆来的话，”多德牧师说，“也许可以吃点点心……”

他的声音越来越小。督察接受了邀请，留下格劳奇和他的司机继续看着房子，三个人挤进医生的汽车，沿着车道开上去。

牧师独自坐在后座，一言不发。他对晚上的调查结果感到不安与困惑。这三对脚印！非常奇怪。露丝，穆里昂夫人。然而更奇怪的是，通过进一步观察露丝·特雷加森的脚印后，他得出了两个推论。那个小圆跟——显然是双高跟鞋。风雨交加，像露丝这样懂事的乡下姑娘会在暴风雨中穿着轻薄的高跟鞋出门吗？以往牧师看到她在附近走动时，*她一般都穿布洛克鞋*，又好又结实，便于走路。她平时都穿布洛克鞋。那么为什么，在下雨的时候，她会突然决定穿一双看起来似乎是居家鞋去沿着悬崖边散步呢？

其次——是的，这确实有点*像*在布道的时候阐述观点——为什么回到侧门的脚印与她从侧门出来时的不同？第一，鞋跟的印子变浅了，前掌的鞋印更深。这意味着什么？她在跑。为什么？赶紧进屋避免淋雨？几乎不可能，因为她显然是在狂风暴雨之际兴高采烈地出门的。此外，露丝习惯潮湿。她在博斯考恩待了大半辈子，已经学会忽视这变幻莫测的天气。她是一个典型的乡间姑娘。然而她还是在奔跑。脚印的形态从花园墙边小路大约一半的地方开始发生变化。然而露丝告诉格劳奇，此前她丝毫没有察觉到不对劲，直到进了起居室才发现她的叔叔已经死了。

还有——那个关于湿雨衣的问题。露丝再次表现得不符合常识。那个问题似乎使她不安。她犹豫了一下，显得紧张，话也说得磕磕绊绊。这到底意味着什么？露丝是不是想向警察隐瞒什么？

尽管她予以了否认，但她是不是在走进起居室之前就发现自己的叔叔已经被枪杀了？比如，当她还在花园尽头的崖边小径上时？

牧师突然感到一股巨大的沮丧压在他身上。他不安地盯着道路两边伸展开去的幽灵般的景致。在金丝眼镜的后方，他的双眼失去了往常的闪耀，而是眯成两道细缝，充满了困惑与忧惧。

第四章

露丝·特雷加森的反常之举

尽管牧师的书房很舒适，提供的茶点也极好，比格斯韦尔督察还是没有在牧师公馆多做停留。他对自己从彭德里尔和多德牧师处获知的大量当地情报感到满意，打算立即启程回格雷灵斯。在兴奋了一整晚之后，医生感到有些疲惫，他提议在回洛克豪斯的路上先送督察回家。但比格斯韦尔想独处一会儿，他认为散步可以振奋精神，便礼貌地拒绝了这一提议。于是二人在牧师公馆门口道了声“晚安”，便各自分别。

正如比格斯韦尔所说的那样，当天晚上能做的已经极其有限。凶器兴许就藏在房子附近的某个地方，或者至少会发现进一步的线索，但必须等到天亮才能展开彻底的搜查。而凶手，不管他是谁，在开过那致命一枪后，一定会躲起来避一阵风头。此人十有八九非常熟悉附近的城镇，所以尽管督察在离开格雷斯托克之前就已经通知过辖区内的警察要格外警惕所有的道路并记下可疑人士，但他对这个方向并未抱有太大的期望。这片海岸有些荒凉，道路纵横交错，稍远一点的内陆地带树木繁茂，人烟稀少。再者，到目前为止，他都无法将他们要找的那位男士或女士的外貌特征广而告之。那个穿绑腿的人*或许*与这桩案子有关联，必须展开相关的调查；但另一方面，这也可能只是一个巧合。当然，可惜之处就在于，如果这条线索让那人受到怀疑，但也总有一线可能，他能解释清楚自己为什么会出现在车道旁。

那些脚印确实使他迷惑。他曾寄希望于通过对崖边小径的搜查找到一些确切的线索，一些能确定凶手身份的办法。当然，无论穆里昂夫人还是露丝·特雷加森都有可能行凶。这两人都不能摆脱嫌疑。两人都曾在深夜出现在崖边小径，显然都没有被人发现，而且两人都有机会向窗内的特雷加森开枪。这是接下来必须跟进的两条审讯线索。

除此之外，他还知道些什么呢？特雷加森是被一个或几个人在屋外开枪打死的，其中一颗子弹似乎来自军用的左轮手枪，子弹穿过他的头颅，瞬间致命。到目前为止，没有证据表明他有什么具体的仇家；目前也不可能确定这桩命案的确切动机。另一方面，考虑到这件案子的性质，这很可能是有预谋的——毫无疑问，这是一桩有备而来的命案。罪犯一定知道，在那个特定的时间，特雷加森就在那个特定的房间里。因为窗帘拉着看不清里面，所以凶手可能以某种形式（比格斯韦尔记下了这一点）引起了特雷加森的注意，吸引他走到落地窗前，拉开窗帘朝外面的夜色张望，从而在房间明亮的灯光下，为凶手提供了一个清晰的目标。这件案子似乎排除了冲动杀人的可能性。当然，特雷加森也有可能的确正在观赏海面上的风暴，但从彭德里尔和牧师那里了解到的情况来看，他倾向于排除这项推测。他是个墨守成规、作风严谨、缺乏想象力并且懒得欣赏自然景观和自然现象的人。根据现有的证据，特雷加森一直在安乐椅上看报纸。比格斯韦尔认为，要想让特雷加森从安乐椅上起身并走到窗边，需要的应该不仅仅是海面上的暴风雨而已。还得有某样东西将他吸引到窗前。到底是什么呢？

此时督察已经走到格雷灵斯粗粝的石墙正面前方那片砾石铺成的小空地上。但他没有进屋，而是向右一转，闪身钻进了黑漆漆的月桂丛，沿着一条小路往前走，经过破碎的石阶来到花园的北墙下。他走到墙边，翻过墙去并拧亮手电筒，仔细地查看起落地窗下的水泥窄条。青草从这里开始沿着一条斜坡延伸至与草坪平齐，从而形成了一个小平台。水泥还湿着，它光滑的表面在手电筒的斜光下，赫然照见了许多砾石！

督察满意地哼了一声，像一只勤劳啄食的老母鸡一样，手指这里一伸那里一伸，往手心里收集了几块小砾石子。他又从北边的小路返回车道上。用左手抓起一把地面的碎石子样，走到从大厅窗户泄出的灯光下，仔细比较了两种石子。他大吃一惊，万万没有想到的是，这两种石头居然对上了号！

为吸引特雷加森的注意而扔到窗户上的碎石子和屋子另一边的碎石是一样的！

他感到这很重要。

他轻轻敲了敲前门，被格劳奇让进大厅后接着走进了起居室。格里梅特，就是那位司机，正懒洋洋地坐在扶手椅里读报。他一看见督察便忙不迭站起来，摁灭抽了一半的香烟。比格斯韦尔把两堆碎石并排倒在桌子上。

“你怎么看，格劳奇？”

格劳奇探究了一阵。

“同样的砾石，长官——两堆一样。”

督察说明了自己是如何在窗下收集到右边那堆碎石子的。

“格劳奇，你觉得这事奇怪吗？我认为这两堆石子应该是一样的。附近的石子一般都有哪些种类？”

“碎的石灰岩、板岩和花岗岩。我基本也就只懂这么多了。”

“那么说，车道上铺的砾石是进口的咯？”

“是的，长官。”格劳奇大声回答，他开始明白这些问题的导向了，“也不是太久之前的事。大约三个月之前吧。我记得它们是从马路上的卡车上卸下来的。”

“据你所知，这地方没有别人用过同样的砾石吗，格劳奇？”

“没有，长官。除非出了我的辖区。在我看来，当地的石头是最便宜的——在我看来也是最好的——铺路石料！”

督察带着轻快的神情马上接着说道：“好得很。这下终于有方向了。我想我们可以说，不管是谁谋杀了特雷加森，他都是先从车道上抓了一把砾石扔向了窗户。”他稍有停顿，皱起眉头，然后接着说，“但令我困惑的是，为什么北边那条路上没有脚印。为了避免留下线索，那家伙一定是绕了一个大圈，格劳奇。这说明那人非常聪明。在我看来，这件案子整体设计都很聪明——完全是经过细密周全的考虑。”他拿起刚才谈话时放在一边的帽子，并朝门口走去。“好吧，格劳奇，今天晚上估计是没别的事可做了。在换班之前你最好待在这里。我明天一早就来。什么都不要碰。大家都不要离开这里。明白吗？我们得通报一下车道上的那名男子的外貌特征，并向报纸提供一些细节。这可能会让一些人站出来提供线索。现在最快也只能赶上正午版了。当然，还要有一场审讯。让我想想，今天是什么日子？”

“周一，长官。”

“那就周三或周四吧。我们必须找到助产士还有今晚可能碰巧出现在房子附近的任何人。我明早第一件事得先去看望特雷加森小姐和考珀夫妇。你做得很好，格劳奇。晚安。”

“晚安，长官。”

警局的司机走上前来，跟着督察出门朝汽车走去。然而，就在他们正要走上车道时，月桂丛中传来了沙沙的响动。

“安静！”督察嘘了一声，把司机拉到石廊突出的墙边一棵矮枞树的阴影里，“别动，格里梅特。”

督察小心翼翼地用手拨开浓密的树叶，朝外窥探。

一个裹着厚大衣、毛皮领子高高竖起的身影迅速从灌木丛中闪出来，稍做犹豫，然后蹑手蹑脚地走过嘎吱作响的砾石路，潜进了门廊。他们听见前门被钥匙打开了——钥匙与门锁之间发出最微弱的摩擦声——然后一停，那个鬼鬼祟祟的身影似乎在确认屋里没人听见。可就在大门即将悄无声息地合上前，比格斯韦尔督察从他藏身的地方跳将出来，把脚尖塞进正在合上的门缝里。

门后传出一声压抑的惊叫，门被猛地打开，比格斯韦尔督察发现自己对面站着一位瞠目结舌的年轻女士。

听到姑娘那声难以抑制的尖叫，格劳奇放下一直翻阅着的笔记，摇摇晃晃地走出起居室。

“天啊！”他叫道，“特雷加森小姐！”

这回轮到督察表示惊讶了。

“露丝·特雷加森！”

“没错，长官。我不知道……”

“好了，格劳奇。”他走进大厅关上门，“请允许我自我介绍一下，特雷加森小姐，我是郡警察局格雷斯托克分局的比格斯韦尔督察。”

露丝低下头，但没有回话。这次突然的相遇似乎让她困惑且震惊。她的双眼因为之前刚哭过，还是红的。她东张西望，活像一只被困住的小动物。

督察挽住她的胳膊，格劳奇跟在后面，领着她走进餐厅。他指了指露丝在接受警员问询时坐过的那张安乐椅。

“现在，特雷加森小姐，”督察严厉地说，“你能不能解释一下，为什么在警员明令要求今晚不能离开房子后，你仍然要出门呢？你应该明白，我一定会严肃看待你的行为的吧？”

露丝点头。

“我完全理解。”

“警员的命令你能明白吗？”

“能。”

“但你还是离开了家？”

“是的。”

“为什么？”

“我睡不着。我尝试过了。可今晚目睹的叔叔的惨状仍然浮现在我眼前。我试图将这幅画面驱出我的脑海，却做不到。然后我就开了灯。”

“什么时候？”

“大约十分钟以前。”

“那会儿你在客厅里，长官。”格劳奇插嘴说道。

督察潇洒地转过身来。

“没事，格劳奇——交给我来处理。”他重新转向那姑娘，“你开了灯——然后呢？”

“我感到不安。这房子我待不下去了。于是我在睡衣外面披了件大衣，蹑手蹑脚地下了楼。”

“关灯了吗？”

“关了。”

“然后呢？”

“我听到客厅里有说话的声音，得知警员接到命令不许任何人离开这间屋子，于是我蹑手蹑脚地穿过大厅，从侧门走了出去。”

“为什么？”

“我已经说过了！难道你听不懂吗？这房子我一分钟都待不下去了。我叔叔就躺在那里……”

露丝用双手捂住脸，一时说不下去了。一整晚，她所经历的一切使她担惊受怕又精疲力竭，她紧绷的神经一下子断了，开始抽泣起来。

督察静候，直到那姑娘恢复平静。

“然后呢？”他问，接着又用更温和的语调补充道，“很抱歉，我不得不问你这些问题——你能理解吧，小姐？”

露丝抬头，把头点了一点。她继续低声说：“出了门后我转到崖边小径上，想散会儿步。但不知为何——在那儿！——在月光下，恐惧又向我袭来。我不断看到有人躲在阴影里。我静立了好一会儿——不敢动弹——然后我绕到花园的尽头，想看看你们有没有离开起居室。”

“发现我们并没有，对吗？”

“是的。于是我沿着另一条小路往回走，穿过月桂丛，来到车道上。然后……”

“然后我们突然跳到了你面前，把你吓得半死，特雷加森小姐。”

“是的。”

督察严肃地说：“你认识到违抗警员的命令是非常错误的吗？”

“我现在认识到了。是的。是我犯傻了，可我太紧张了，就连现在也没有缓解。你不明白，督察！”

“我想我能理解。”督察平静地说，拉住姑娘的手，“现在我要你回房间去睡一会儿。”他笑了笑。“就当是让我放心，特雷加森小姐。”他把还在发抖的姑娘扶到房门口，“记住，”他最后说道，“这次不要再不听话了。能答应我吗？”

露丝勉强挤出一丝笑容。

“我保证。”她说。

她的房门一关上，督察就转向格劳奇，耸了耸肩。格劳奇歪戴着帽子，用铅笔搔着头。

“难以置信，长官！”

“你可能是难以置信，格劳奇。”他压低了声音，“但我不喜欢。我一点也不喜欢这个说法。固然，她压力很大。但那个故事——有点单薄对吧——这已经是最客气的说法了！”

格劳奇仿佛预言家似的来了一句。

“在我看来，长官，这案子远比我们看到的要复杂得多。”

比格斯韦尔督察点点头。他似乎正要说点什么，却又改变了主意，向格里梅特做了个手势，迈出门朝车子走去。

第五章

督察的推理

星期二一早，比格斯韦尔在开车去博斯考恩之前，就已经设法在总部完成了相当多的工作。前一天晚上，尽管回来的时候已经很晚了，他还是与郡警察局长法纳姆少校取得了联系，将格雷灵斯的案情汇报了一番。局长当时正在熬夜打桥牌，闻讯立刻赶到总部和督察开了个会。凌晨2:00过后不久他们才各自回家，同时达成了一两项共识。眼下，不论怎么说，局长反对向苏格兰场求助。他固然深知伦敦警察厅刑事侦缉处这类运作良好、组织严密的机构的作用，但他对自己手下的效率也极有信心。他的座右铭是——“给他们一个机会，他们就会得寸进尺地要两个”——鉴于这种情况，他准备给比格斯韦尔督察一个证明自己聪明才智的机会。

他也不反对督察关于有保留地向一两家大型新闻机构

发布一份案情报告的建议。局长没有低估媒体在提供证人方面的价值，而且他意识到，无论怎么做，走漏风声，导致一大批当地记者和特别通讯员蜂拥至案发地点也只是一个时间问题。至于案件本身，他没有发表意见。以他谨慎的眼光来看，对朱利叶斯·特雷加森如何丧命这一问题，现在形成一个哪怕是最粗略的推论都为时尚早。督察知道自己最好不要对上司提出异议，于是心满意足地离开，因为少校已经决定不向苏格兰场求助了。这是一个机会，把这个案子破了对他来说是件值得骄傲的事。

周二早上8点刚过，一个晴好无风的日子，到处都是早春的明媚阳光。一辆警车从格雷斯托克警局总部出发，朝着博斯考恩荒凉起伏的高地驶去。督察和格里梅特坐在前面，与此同时，一位身材魁梧的警察占据了后排双人座的很大一部分。比格斯韦尔一刻也闲不下来，他草草写下几条笔记，简略提示当天的调查计划。

首先，重审一下特雷加森小姐和考珀夫妇。在房屋周边启动进一步的搜查，寻找线索。再看一遍（此时他由衷感谢上帝赐予的日光！）崖边小径上的脚印。审问村里的助产士，穆里昂夫人。然后随机问询，找到任何在前一晚曾接近过格雷灵斯的人。展开调查，确定佩戴绑腿之人的身份。彻底盘查特雷加森的财物，希望可以发现一些能指向凶手的书面证据。

这些笔记粗略形成了他打算开展的行动计划，尽管他清楚案情中任何突如其来的转折都可能会让他立刻离题，转而去追索一条看似会有收获的意外的调查路线。

格劳奇在格雷灵斯的门口与他碰面并报告说，到目前为止，在督察离开期间没有进一步的发现。

“长官，今天一大早，我用几个栏架擅自将花园尽头的崖边小径给围起来了。”

“很好，格劳奇。吃早饭了吗？”

警员咧嘴一笑。

“长官，考珀夫人……”

“很好。你要是愿意，现在可以下班了。我想你这会儿一定困了吧？”

“这个，长官……”

“好了，格劳奇。12点的时候再回来。大家都在楼上吗？”

“特雷加森小姐正在用早餐，长官。”

督察进屋，格劳奇则跨上自行车，沿着车道慢慢地蹬了起来。

此时，太阳已经高悬在大海上空，早晨的空气中充盈着雨后必有的甘甜气味。几只海鸥扇动着白色的翅膀逆时针翱翔，在海岸灰色的岩石上疾飞、盘旋着。它们哀恸的悲鸣混合着羊铃的叮当声，羊群正三三两两地在教堂后面的一方高地上吃草。在格雷灵斯像盒子一样的灰蒙蒙轮廓之外，大西洋像一块亮闪闪的铅片一样伸向远方的地平线，而近处的缓流闪烁着成千上万颗细碎钻石般的光芒，形成一行行耀眼的白色泡沫向前方延伸。

露丝·特雷加森站在餐厅的窗前，视线从悬崖边的绿色斜坡转向那坐落于目力之外的海湾里的村子。在督察的敲门声中，她猛地转过身来，准备迎接即将到来的严峻审问。

比格斯韦尔带着歉意的神色进来，并立刻为自己这么早就打扰特雷加森小姐的独处而道歉。紧接着便开门见山地开始办公。

他的第一部分审问，除了几个新问题外，把警员已经问过的问题又问了一遍。于是露丝又描述了一遍自己是如何发现尸体的，以及自己随后的行动，估算了发现叔叔死亡的时间。接着，督察似乎并不怎么重视这些问题的样子，将矛头转向了另一条线的盘问。他开始问这个姑娘在9:20发现凶杀*之前*的行踪。

“我听说你晚餐后出门了，特雷加森小姐？或者更确切地说……”他看了看前一天晚上的笔记，“你晚餐吃到一半就出去了。留你叔叔一个人在桌边。你为什么要那样做？”

“我们产生了一些分歧，由于我们都很激动，所以我认为最好不要继续争论下去了。”

“你和你叔叔吵架了？也或许他引起了争端，是这样吗？”

“是的——我想你可以这样说。”

“你们因为何事而吵？”

露丝瞥了督察一眼，看见他在敏锐地注视着自己，便垂下目光，保持沉默。

“是私事吗？”督察问道，“你不想谈？”露丝点点头。“好吧，没关系，特雷加森小姐。我来这里只是为了调查这宗凶案，收集足够多的证据，以便能捉拿凶犯。你知道，你可以不回答我的问题。现在，你能告诉我你是什么时间离开家的吗？”

“我可能说不太准，但应该是8:30左右，也可能更晚一点。我记得我们一直到8:15才坐下来开始吃饭。我叔叔之前出门去了，一直到8:00以后才回来，我们一般在那时候开饭。”

“我明白了。你是直接出门的？”

“是的。我穿上雨衣，戴上帽子，从侧门出去的。”

“当时在下雨，是吗？”

“是的。”

“看来你肯定不怕刮风打雷，特雷加森小姐。”

“不怕——住在乡间的人都在风里雨里走惯了。”

“可不是。你离开家以后去了哪里？”

“沿着崖边小径朝村子里去。”

“这是条近路吧？”露丝同意。“你有没有碰巧去村里拜访过什么人？我的意思是，你是在散步，还是打算到博斯考恩去拜访一位朋友？”

露丝犹豫片刻，咬着嘴唇，沉思了一会儿，最终决定了该如何回答。

“没错，”她低声承认，“我的确是打算去见人的。”

“能告诉我他们的名字吗？”

“有这个必要吗？”

“恐怕是的，特雷加森小姐。你知道，在一个案子里，时间总是一个重要因素，如果你昨晚去拜访过什么人，他们可能就会知道你是什么时候离开的他们家，这将是关于你什么时间到达格雷灵斯的确凿证据。我们知道从崖边小径到村庄有多远，可以粗略地估算出你走了多长时间。明白了吗，小姐？”

“明白了。”露丝说，“我完全理解。我去了湾舍——从这里到博斯考恩之间最近的房子之一。它的主人是皮维特夫人，一位寡妇。自从她丈夫去世以后，她就只能以出租房间为生。”

“你是去见皮维特夫人的？”

“不——不完全是。我是去见她现在的房客——哈迪先生的。”

督察在笔记本里草草写了几句，然后随意地继续问道。

“我想这位哈迪先生是位单身的绅士吧？我的意思是，皮维特夫人会帮着料理一下他的生活起居之类的？”

“没错。事实上，他是个作家——写小说的。他租皮维特太太的房子已经大概两年了。”

“我明白了。特雷加森小姐，昨天晚上你出门散步的时候就是打算去拜访哈迪先生的吗？”

“是的。当时雨下得很大，我和他挺熟，所以我想顺便去聊一聊。”

“他在家吗？”

露丝又犹豫了。

“不——事实上，我没有见到他。”她缓缓地说，“当然，我看见了皮维特太太，但是哈迪出门了。”

“我想这没有什么不寻常的吧？毕竟他事先并不知道你要去？”

“是的，没有。他晚上经常去军团大厅的男子俱乐部打台球。知道了这一点，我就不费事等他了。我给皮维特太太留了口信，请她转告哈迪先生说我去过，然后就直接回了家。”

“从崖边小径走的？”

“是的。”

“我明白了，特雷加森小姐。好了，刚才的谈话很有帮助。”比格斯韦尔起身，“很抱歉给你添了这么多麻烦。我们希望这桩案子能尽快了结。周三或周四的时候会有一个审讯，恐怕你会收到一张要求出席的正式传票。地点可能是在当地的小旅馆。我们认为它会比这里方便一些，空间也更大一点。现在，你介意我略微扰乱一下贵府的日常秩序，和考珀夫妇聊上一会儿吗？”

“不介意，督察。如果您愿意，可以继续用这个房间。牧师今天一大早打电话给我，问我是否愿意暂时住到牧师公馆里去。他的妹妹今天要来，我跟她很熟。如果你不反对的话，我打算接受他的邀请。”

“当然可以了。那考珀夫妇呢？”

“他们当然会继续留在这里。”

“好吧，特雷加森小姐，你要是听我劝的话，我建议你尽快收拾好行李。我猜你叔叔的律师已经得知他的死讯了吧？”

“是的，多德先生打过电话，他今天下午从格雷斯托克过来。”

“很好。”他伸出手，“如果有事相告的话，我会马上通知你的。”

“谢谢您，督察先生。您不知道这件事使我多么心烦意乱。我想不明白！我的叔叔没有仇家。我想不明白有谁能从这桩可怕的罪行中得到任何好处。”

露丝竭力忍住眼泪，走出门去了。

督察开始找考珀夫妇谈话，他让他俩一个一个地进餐厅。他没有费心去证实考珀夫妇对格劳奇所做的证词，而是集中于研究露丝·特雷加森与叔叔之间的关系。至此，正如比格斯韦尔所预料的那样，考珀夫人比她的丈夫知道得多。事实上，考珀先生似乎很乐意接受特雷加森一家做他的雇主，而考珀夫人则对他们的私事与举动有着永不满足的好奇。她并没有故意偷听紧闭的房门之后的谈话，也没有特意去刺探露丝或她叔叔的行踪，只是把耳朵竖起来，把眼睛睁得大大的。

在几个提得恰到好处的问题的鼓励下，考珀夫人变得滔滔不绝。她说露丝小姐自从长大，有了自己的主见后，跟她叔叔之间就从来没有太平过。他俩之间经常起争端，主要是口角，不会动手，吵完之后两人总会冷战几天。但近来，争吵变得越来越激烈了。考珀夫人曾一度担心，特雷加森先生，这么一位固执的人哪天气过了头可能会对自己的侄女动手。但据她所知，这种情况从未发生过。露丝小姐常常会在这种情绪爆发之后离家出门散步，考珀夫人认为这是一个明智的做法，因为这能让他们两人有时间冷静下来，平复各自不理智的情绪。

接着，督察就问到了案发当晚餐桌上的争吵。考珀夫人知道这场争吵的确切起因吗？考珀夫人表现出似乎不愿意谈论别人家私事的样子，但她对这一场特殊的争吵的起因确实有一个非常敏锐的想法。于是督察使她稍事放松一些，不要有道德感的思想包袱，并解释说，他收到的一切消息都是绝对保密的，考珀夫人不用担心会受到责备，完全可以放心大胆地说出来。

"那么，"考珀夫人深吸一口气，这是大量信息即将奔涌而出的一个标志，"是关于罗纳德先生。罗纳德·哈迪先生，也就是和皮维特太太住在湾舍的那位。他和露丝小姐过从甚密，虽然当特雷加森先生在家时他从不上门，但看起来这对他俩之间的关系也没多大影响。村里传言罗纳德先生对露丝小姐有意，而她则像个明事理的姑娘一样，在等待说'我愿意'的合适时机。当然，先提醒你一句，我不知道他俩的关系是不是已经到那一步了，但我知道的就这么多了。"可考珀夫人接下来的语气变得坚决起来，"特雷加森先生一定会反对这桩婚事，毫无疑问。他如此反对罗纳德先生的理由我并不清楚。我在村子里偶尔遇见过罗纳德先生几次，他看上去总是那么和善，虽然是个作家，因为在战争中得过炮弹休克症，脑筋偶尔会显得有点古怪。但在我看来，要找到一个比他更友善、更健谈、更像样的小伙子可不容易。昨晚，在我把烤肉送进去之前，房间的门是开着的，我无意中听到了一些对话。是关于罗纳德先生的——这点我可以发誓——尽管他们压根就没提过他的名字。”

“你怎么就认定是关于哈迪先生的呢，考珀太太？”

“因为他们对话的内容。我首先听到特雷加森先生说了句什么‘必须立刻并且彻底断了！不许你再去见他！’他边说边捶桌子，声音高得都能把玻璃震碎了。他暴怒。我跟你说，听到他那样粗暴地说话，我都吓坏了。”

“然后呢？”

“然后我听见露丝小姐说——‘你无权干涉。我已经长大了，可以随自己的心意过自己的生活。这是我和他之间的事！’”

“然后呢？”

“然后我在门后咳嗽一声，端着烤肉走了进去。等我出来以后，我听到他们又吵开了。接着我就听见露丝小姐快步走进大厅，穿上出门的衣服就从侧门出去了。”

在督察看来，这些就是考珀太太证词的价值所在，此后说的就是一些小道传闻和道听途说了，督察机智地尽快拦住了她。考珀只是证实了他妻子的说法，用他的话来说，露丝小姐和她叔叔总是在“争论不休”。

督察很满意自己的调查终于有所进展，便下令格里梅特和那个身材魁梧的警员在房子四周和周边的空地里彻底搜查一番，希望能发现一些新线索。比格斯韦尔自己则立刻转回崖边小径，走过他前一晚曾路过的那块地。他立刻看到有一串新的脚印证实了露丝昨晚的说辞。他暂时放下它们，把注意力集中在露丝发现特雷加森身亡之前留下的脚印上。这一次，他与牧师一样，对这两桩离奇有趣的事实感到疑惑不解：①露丝·特雷加森沿着崖边小径走到中途，在花园的顶头那里停下了，而且很明显，根据鞋尖的方向，她朝没有拉窗帘的房间看了一眼，然后飞快地跑向侧门；②她当时穿的是高跟鞋。

可她为什么要跑呢？根据她自己的说法，她没有发现自己叔叔出了事。督察沿着墙走到一半便立刻发现，由于宽大的窗框和一张小扶手椅的位置，在崖边小径上是看不见特雷加森瘫倒的尸体的。可是那姑娘显然只是看了一眼窗户，就慌慌张张地朝侧门奔去。更重要的是，她没有脱下湿漉漉的衣服就径直冲进了起居室。为什么？

比格斯韦尔督察爬上低矮的石墙，装满烟斗，一丝不苟地点起来，开始形成推理的初步轮廓，它可以解释朱利叶斯·特雷加森的死因。

他的推理是这样的：

露丝·特雷加森因为自己与罗纳德·哈迪的恋情和叔叔大吵了一架。由于某种原因（目前暂未可知），特雷加森竭力反对这桩恋情。露丝立刻前去找罗纳德，很可能是为了通知他这场刚发生的争吵，并对他们未来的行动做谋划。当时的她怒不可遏。叔叔对她所爱的人的竭力反对，在这个最终关头，迫使她决定铤而走险。或许出于某种经济原因，她必须获得叔叔对这桩婚事的认可。不管怎么说，露丝发现罗纳德不在家后，就沿着崖边小径往家走，看见客厅里有灯光，就从车道上抓起一把碎石，再回到崖边小径，扔出碎石，在叔叔拉开窗帘时，她朝他开了一枪。接着，她被自己行为的后果吓坏了，便从侧门冲进客厅，结果发现，唉，她的叔叔已经死了。

这是督察的理论。他在头脑里一步一步地推演，但立刻又反应过来，虽然这个推论解释了案件中的诸多事实，但仍然遗留了许多疑难点。例如，他在崖边小径与车道之间为什么没有发现脚印呢？露丝得走到那里去捡碎石子。那条穿过月桂树丛的小路是必经之地。还有那女孩是从哪儿弄来的左轮手枪？在湾舍吗？枪不太可能会提前放在雨衣口袋里，而根据考珀太太的说法，她在出门前也没时间从别的什么地方弄枪。而且昨天晚上，明明警员已经让她不要离开格雷灵斯了，她为什么还要偷偷溜出去？

督察突然坐直身子，把烟斗从嘴里拿了出来。

要是这姑娘趁着屋里乱作一团的时候设法把左轮手枪

藏在自己的卧室里，稍后又偷溜出去销毁了这重要的证物呢？这是一个合理的解释——远比那个女孩自己提供的站不住脚的解释要合理得多。她溜到崖边小径，把左轮手枪扔进了海里。正如牧师头天晚上告诉他的那样，悬崖下方是深广的海水。格雷灵斯位于广阔的海角上，悬崖虽矮，却直耸于大海之上。

督察从墙上下来，站在悬崖边往下凝视。他立刻意识到，想在那里找到任何被扔下水的东西显然是在做无用功。海角周围浪涛湍急，岸边也是水流汹涌，更别提那些嶙峋的岩石，左轮手枪绝无可能会被卡在其间。打捞行动是不用想了。继续跟进这条线索的调查是否是徒劳？与其对露丝·特雷加森如何处置左轮手枪绞尽脑汁，不如查查她是从哪儿弄来的枪，这样也许更好些，不是吗？一旦能证明她在离开湾舍时携带着左轮手枪，剩下的就只是进一步收集间接证据了。

有两个人也许能在这个问题上帮到他——穆里昂夫人，那位助产士；皮维特夫人，罗纳德在湾舍的女房东。他决定这就前去拜访这两位女士。

第六章

消失的左轮手枪

然而，当比格斯韦尔督察回到屋里后却发现彭德里尔和牧师都正等在客厅里，尸体已经从里面搬走了。这两人都急切地想知道自从离开牧师公馆后是否有了新进展。督察带着一副不置可否的神气耸耸肩，接着记下了医生给他的穆里昂夫人的地址。他还没有准备好表述自己对这个案件的看法。当手中握有更多的拼图碎片时，他有足够的时间去做这件事。

“顺便说一句，”督察和彭德里尔说完话以后，牧师说道，“您知道我向特雷加森小姐提出的建议了吧？医生正准备将她和她的行李送到牧师公馆去。我觉得这会让她更舒适一些。我希望这能有助于她在经历过这次可怕的不幸之后，对事物的看法恢复平常。我妹妹也会在那儿——一个非常善解人意的女人。对于没有母亲的女孩来说，这是一道坎儿。我认为，来自女性的同情安慰在遇到困难时能提供一种强有力的帮助。您同意吗，督察？”

督察心不在焉地点点头，牧师的开场白他听得左耳进右耳出。他想，找到罗纳德·哈迪先生或许是不错的方法，看他怎么说自己和露丝·特雷加森的关系。他很讶异，这位年轻人居然没有露面，他现在一定已经听闻特雷加森的死讯了。

就在这时，露丝下了楼来，考珀提着行李跟在她身后，彭德里尔迎上前去，这三人出门走到车旁。督察不解地朝牧师瞥了一眼，后者还站在房间中央。

“哦，我留下来，督察。特雷加森小姐让我把她叔叔的文书过一遍，今天下午律师就会到了，以便会用到与之相关的文件。我有他办公桌的钥匙。”

“那我真是感激不尽，”督察急忙接过话头，“如果能仔细记下任何有助于我们弄明白特雷加森为何被害的信件就更好了。这将替我节省很多时间，省去许多麻烦。当然，这需要官方的一纸搜查令，而我现在还没有。不过放心，你给我看的任何东西，我们都会严格保密。”

牧师表示同意，立即在立于客厅角落里的那张不合时宜也不太实用的翻盖书桌前坐下，有条不紊地开始检索。

在门外的车道前，格里梅特和警员正在向督察报告今早不太成功的搜查工作。他们没有发现任何可以协助破案的线索，而督察也早就预料到了这一结果，他吩咐格里梅特发动汽车，留下那位胖警员负责驻守格雷灵斯。就在汽车转过弯沿着车道上坡的当口，格劳奇闯进了他的眼帘，他正骑着自行车向下俯冲。督察举手示意，格劳奇未细想便猛地捏住刹车，车子惊险地打滑了一下，他赶紧从侧边跳下车。

“格劳奇，有必要耍杂技吗？”督察微笑着问道，“我布置给验尸官的活儿已经够多的了，你就别给人家添乱了。不管怎么说，把你的坐骑留在这儿上车吧。你带我们去湾舍，我想见一见穆里昂太太。”

就在汽车像一只海鸥在点缀着金雀花的田野上盘旋之时，督察安排格劳奇在湾舍下车，这样警员就可以往南边找舟船客栈的老板谈一谈。那天早晨，在督察启程前往博斯考恩之前，警察局长就已经与一名验尸官取得了联系，他同时还是格雷斯托克的一名律师。聆讯定于周四下午两点举行。根据预期，可能会有数名证人收到传票。比格斯韦尔认为当地旅馆的房间可能会比格雷灵斯来得更方便，交通也更便利。他的心里十分笃定，验尸官的结论必定是——谋杀，毫无疑问，而且从目前所搜集到的某些互相矛盾且令人困惑的证据来看——“凶手未知”。但通过仔细取证，他也十分乐观，一定能将凶手锁定到某个具体的人身上。

快到村子时，督察命令格里梅特放慢速度，仔细观察了一下周边的地形。当汽车开到连绵起伏的道路尽头，在至高处时，博斯考恩突然映入眼帘——一堆灰墙绿瓦的村舍簇拥在遍布岩石的海湾周围，外围则覆盖着一圈光滑耀眼的银色沙滩。从此处回望，格雷灵斯现在看起来就像一座偏僻的小堡垒，矗立在宽阔的海岬边缘，由一条细窄的崖边小径与下方的海湾相连。

汽车开到了一个三岔路口——碎石路面径直通向洼地，一条崎岖不平、坑坑洼洼的支路则导向左侧，看上去像是直接冲向了大海。格劳奇向前倾身。

“要不您就在这儿放我下车，长官，我过去和查理·福克斯敲定房间的事宜。您沿着这条路左转，湾舍就在您的右手边，拐角处不到100米的地方。”

“很好！你见到房东老板以后，格劳奇，如果没有问题的话，就给格雷斯托克打个电话。他们等着安排验尸官呢。然后你就到湾舍来与我会合。”

格劳奇行了个礼，下车，拖着沉重的步伐朝村子走去。汽车则左转弯，沿着陡峭的下坡路向大海的方向驶去。

湾舍是一幢独栋的小房子，坐落在一个整洁的花园后方，远离大路，周围是几棵被大风刮得凌乱的野苹果树。景致生动优美，但没什么稀奇之处，这里的主人显然是一位整洁且注重实际的女人。

督察让格里梅特留在车里，自己下车走上那条不长的路，发现屋主既没装门铃也没装门环，于是便在那饱经风霜的门上礼貌地敲了几下。稍过片刻，屋里的脚步声近了，门打开，出现一位衣着整洁、目光炯炯有神的四十岁上下的女人，头发略有灰白。看到门口站着一位穿制服的督察，她吓得后退一步。

"早上好，夫人。"督察边说边迅速地敬了个礼，"请问您是皮维特夫人——这间屋子的主人吗？"

"我是。"皮维特夫人一脸迷惑，"您找我？"

"只是想跟您打听一件小事。"督察安慰道，"我不会占用您太多时间。"

"那请进吧。"

督察跟在皮维特夫人身后穿过窄小的门厅，走进一间大得惊人的起居室，房间的陈设朴素但舒适，比格斯韦尔立刻意识到这一定是罗纳德·哈迪——那位小说家的房间。站在窗口可以俯瞰大西洋和博斯考恩湾的一部分景致，窗下有一张大写字台，铺满纸张以及各种书写用品。桌子上的一长排参考书、词典和其他名著被摆成了帆船状。另一扇小窗下的桌子上放着一个薄薄的银相框，里面是一幅露丝·特雷加森的半身像。

"现在，皮维特夫人。"督察说着，掏出了他的笔记本，"我这儿有几个问题，相信您能帮我找到答案。"

皮维特夫人用颤抖的声音问道："一定是关于可怜的特雷加森先生的。我也是一小时前才听说，长官。这让我难过极了——我与露丝小姐非常相熟。关于他昨晚在起居室里被人谋杀的事已经传遍了全村。据说是子弹穿过了头部。"

督察笑了。他深知消息在博斯考恩这样的小村庄会传得多快。毫无疑问，一定是送奶工和邮差从考珀夫妇那里打探到了犯罪事实。不过这并不重要。恰恰相反，因为它可能会让前一天晚上看到或听到任何异常情况的人前来主动提供信息。

"这一次他们说对了，皮维特夫人——我就是来调查这桩案子的，明白了吗？"

意识到自己的处境多少有些危险，皮维特夫人立刻满口答应，将尽己所能，用她的话来说就是——将罪犯绳之以法。她信誓旦旦地向督察保证，这样的事，至少据她所知，以前从未在博斯考恩发生过。

"现在，皮维特夫人，我想请你试着回忆一下昨晚特雷加森小姐前来登门时发生的一切。"皮维特夫人看上去吃了一惊。"没错，我知道她来过。"督察补充道，"是她亲口告诉我的，所以你不用担心告诉我真相。关于已经发生的事情，我都掌握得一清二楚。"

"好吧，长官。"皮维特夫人说，"露丝小姐昨天晚上来过，问哈迪先生在不在家。这位哈迪先生，或许我应该解释一下，是……”

“是的，我都知道。”督察插嘴到，“他是这里的房客。一位作家。特雷加森小姐是什么时候到的？”

“我恐怕说不太准。当时还不到9:00——我知道的就这么多。我看大约是8:50左右。”

“我明白了。请——继续，皮维特太太。”

“嗯，长官，我得说，在晚上那个时候看到露丝小姐，我是有点惊讶的——尤其是，你可能也还记得，当时正风雨交加。她一般不会在这个点儿来找哈迪先生的。而且她看起来像是病了，还挺严重，我想——她看上去好像正为了什么事而心烦意乱。当然，我没有提这茬，鉴于当时她浑身湿漉漉的，而且外面仍在下着倾盆大雨，我请她去哈迪先生的房间等一会儿。哈迪先生碰巧出门了。就在露丝小姐上门前一会儿，他开着车急匆匆地走了。”

“特雷加森小姐等了吗？”

“是的，她等了一会儿。我提议去厨房的灶前把她的湿雨衣烘干，可她说更情愿就在这儿坐一会儿，就只在壁炉边烘了烘脚。”

“我想这个‘这儿’指的是哈迪先生的房间吧？”

“没错。这里就是他写作的地方。都是些不错的书，他们都这么说，虽然我自己不常读书——我的空余时间用来读读报就差不多了。”

“特雷加森小姐一个人在这里待了多久？”

“9:00刚过。我记得就在她说要走之前，钟刚敲了一下，她觉得哈迪可能是在男子俱乐部。所以我打开前门，答应替她转告，让哈迪先生知道她来过。”

“这么说，她一个人在这里待了……”督察仿佛自言自语道，“大约10分钟——也许还要更久一点。”他突然抬起头来。

“哈迪先生昨晚什么时候回来的，皮维特太太？”

女人的态度立刻变了。她看起来不再信心满满，脸上露出了既焦虑又困惑的神情。

“就是这点！”她脱口而出，“我担心的就是这个，长官！哈迪先生昨晚*没有*回来！”

“什么意思？”督察言简意赅地问道。

“他没有回来，不仅如此，今天早上我把早茶给他端进去的时候发现他的床没有睡过。他也没来吃早饭！自从他昨晚大约8:45离开家以后，我就再也没有见过他，长官。我可以跟您直说，我很担心。他是一位精神紧张的青年，据说是在战争中得了炮弹休克症的缘故，我担心他会不会出事了！”

“我猜他当时没有留话说要去哪里吧？”皮维特夫人摇头。“他带了什么东西吗——我是说，有行李吗？”

“没有，长官。他只是在门厅里穿上大衣，说要出去。他似乎不想把时间浪费在解释上，如果您明白我的意思的话。我当时很担心他，长官，因为晚餐他一口都没动。特雷加森先生一走我就给他送进去了。”

“特雷加森！”督察脱口而出，“他昨天来过这儿吗？”

“他大约7:30的时候来见哈迪先生。我亲自给他开的门，可我根本没想到，几个小时后，这个可怜人就死在了自己的起居室里，头倒在一汪血泊之中。”

显然，考珀夫妇对格雷灵斯的凶案做了一个耸人听闻的广而告之。昨天的一系列事件和湾舍平平无奇的日常生活相比，实在是太突然了，让皮维特夫人印象深刻。督察提的几个问题唤起了她的回忆。

“是的——大约7:30，也可能是稍晚一点，特雷加森先生敲门问起哈迪先生。哈迪先生就坐在你看到的那张桌旁写作，长官。他不喜欢我在他工作的时候打扰他。但我知道他和露丝小姐是亲密无间的朋友，还以为特雷加森先生是来给他带她的口信的。于是我鼓起勇气，敲了他的门，问他要不要见一下特雷加森先生。哈迪先生似乎对他的到来感到很惊讶，但他让我请特雷加森先生进来。有很长一段时间，我听到的是低语声。我当时坐在厨房里，虽然哈迪先生的房门是关上的，可我还是无意间听到了里面的对话。如您所见，这房子并不大。后来，长官，我听到特雷加森先生抬高了嗓门，声音很尖，好像是在叱责哈迪先生。哈迪先生似乎不满特雷加森先生的语气，于是他也开始高声争论起来。他们争执得很激烈——事实上，告诉您也无妨，我听到露丝小姐的名字被提起了不止一次。她的叔叔似乎反对这个年轻人再和自己的侄女有任何瓜葛。过了一会儿特雷加森先生走出房间来到门厅里，看起来颇为气恼，脸色有些发红。当我要去替他开门时，他挥挥手让我走开。'不用。'他说，'不用你帮，我也知道怎么出去！'那是我最后一次见他。当时说什么我都想不到这会是我最后一次见他。他直接从这扇门走向了死亡！可怜的人！太突然了，长官——就在你最意想不到的时候！"

但比格斯韦尔督察已经听得够多了。皮维特夫人给了他大量信息，现在他只想要静一静，从而去芜存菁。在离开湾舍之前，他还想弄清楚一件事。他绞尽脑汁，想找一个能够不让皮维特夫人察觉的聪明法子。突然灵光一现。他摘下自己的鸭舌帽，擦了擦额头，大声咳了一两下，接着故作随意地说自己提问问得口干舌燥，不知皮维特夫人能否赐杯茶之类的？他非常确定，皮维特夫人知道怎样为口渴的人沏一杯茶——浓酽、少奶、三块方糖。皮维特夫人对这么一个出乎意料的要求感到受宠若惊，她的情绪立刻平静下来，恢复了正常，赶紧照着督察的要求沏茶去了。

比格斯韦尔估计自己只有3分钟的行动时间。皮维特夫人的脚步声在石头铺就的走廊上渐行渐远，他立刻快步走到书桌前，拉开了抽屉。在宽大的桌洞两侧各有两层，一共约有8个抽屉。第一层的都上锁了。他极为敏捷熟练地开始检查左边抽屉，翻开纸张，掀起文件，在各式各样的杂物中到处踅摸。一直翻查到右手边的第三个抽屉，他才找到了自己一直要找的东西。这完全是误打误撞，但歪打正着。藏在两堆蓝色练习本中间的是一个手枪皮套。搭扣是打开的，督察猜想，枪套曾经是用来装左轮手枪的——然而，*现在枪套是空的*！他一眼就看出来，枪是最近才被移走的，因为枪套和练习本上积聚的灰尘被一只手或手套掸乱了。

关上抽屉，他刚好抢在皮维特夫人端着茶进来之前回到了壁炉旁。督察不失礼貌地用最快的速度大口喝完，向她表示感谢，并提醒她可能会在周四的聆讯中被传唤作证。他说完便匆匆下楼，出门朝小汽车走去。

格劳奇正坐在格里梅特旁边的副驾驶座上等着他。一看到上司，他立马起身出车，敬了敬礼。

“我见过查理·福克斯了，长官。一切都没问题。那里后面有一个挺大的房间。他将在周四下午两点前把一切都准备妥当。我照您的吩咐，也给格雷斯托克打过了电话，长官。”

“很好！”

一想到接下来要传达的消息的重要性，格劳奇便带着情有可原的骄傲挺直了腰杆。

“这还不是全部，长官。我冒昧地问了福克斯几个问题。村里的每个人他几乎都认识，晚上的酒吧里永远不缺谈资。”

“然后呢，格劳奇？”

“长官，那个穿绑腿的家伙——我想我已经打听到他了。”

“你知道是谁吗？”

“非常接近了，长官！内德·索尔特，博斯考恩的害群之马，我听到医生这么称呼他。他以偷猎为生，曾不止一次地出现在法庭受审。他在农场附近挖地洞作案时曾被我逮了一个正着。即便是表现最好的情况下，他也是个诡诈的顾客。之前的某天晚上，福克斯在酒吧里注意到了他的绑腿。有几个家伙在拿他的绑腿打趣，说他这是从一个睡着的看守人身上偷来的。事实也许是这样，但还有比这更重要的事，长官。”

“怎么说？”

“您或许也知道，特雷加森曾经一直是当地的法官主席，不过他在几个月前辞职了。内德上次被带到地方法官面前时，特雷加森判了他3个月监禁，并且不允许以罚金代替。”

“这很可能是他活该。”比格斯韦尔督察评论道，他急切地想知道这一大堆废话到底想表达什么意思。

格劳奇表示同意。

“特雷加森先生又因为他们付不出租金而把他的妻子和3个孩子赶出了农屋，这对这个可怜的家伙而言似乎就有点严苛了。特雷加森是那栋屋子的主人，而内德被关押在格雷斯托克监狱里又无从赚钱。这个可怜的女人除了搬走别无他法。福克斯说，自从内德出来以后，长官，他就一直赌咒要报复特雷加森先生。而且他还酗酒，喝醉后就说一些他可能会后悔的话。”

“你的意思是说他竟然去威胁……”

“正是。”格劳奇说，“查理说许多常去‘舟船’的客人都可以证实他的说法。”格劳奇精明地摇了摇头，“看起来他怀恨在心呢，长官。满怀仇恨。不管怎么说，这都是我的拙见。”

督察吹了一声口哨。他一叶障目不见森林了。露丝·特雷加森？罗纳德·哈迪？内德·索尔特？到底是哪个？他们都有嫌疑，都有犯罪动机。在特雷加森死前的几小时，他们都与他发生过争吵。这幅拼图谜团重重。督察刚为拼好了几块而感到满意，拼图就改变了形状，与*《爱丽丝梦游仙境》*中的无序局面如出一辙。

第七章

牧师公馆的谈话

多德牧师在彻底地翻查过特雷加森的办公桌之后，将他认为家庭律师来了以后可能会用到的文件归到一边。尽管牧师的职业性质决定了他以宗教为使命，但他在实际生活和经济事务中也绝不是傻瓜。通过一定程度的巧妙圆滑与较为温和的暗箱操作，他为圣迈克尔崖边教堂奠定了良好的商业基础。博斯考恩坊间流传着一个说法，无论是拯救灵魂抑或是节省6便士，他都同样在行。不少饱受家庭或经济梦魇困扰的村民有充足的理由去称赞多德牧师的睿智。因此露丝将叔叔去世所引发的文书事务交给牧师，这位年迈又非常慈祥的朋友，再正常不过了。多德联系律师拉姆齐；负责安排葬礼；遵照露丝的建议，与特雷加森在伦敦的唯一的兄弟取得联系，将这个不幸的消息传达给他并表达深切慰问。露丝松了一口气，心怀感激，委托他全权处理一切善后事宜。因此，整理查阅逝者的私人信件与财产的事才移交给了牧师。

要处理的事并不多。特雷加森的书桌非常整洁，几乎所有的文件都整齐地归档并加了标签。督察原本寄希望于能发现某些能证明寄信人有罪的书信，现在落了空。除了几张请柬和慈善机构的求助信，桌子上没有任何私人物品。至少这是牧师的第一印象。直到整理到最后一个抽屉，他才发现了藏在抽屉后面的一小张普通的方格纸。与其说是出于好奇，不如说是出于直觉，他将那一小张纸翻过来，读起了写在背面的简短留言。那字迹一看便知是出自一个没怎么受过教育的人之手：

我不是要你的钱。我保持沉默不是为了你，而是看在他的面子上。我不希望再听到关于此事的只言片语。

——M.L.

虽然这张便条使牧师感到迷惑，但他并没有怎么放在心上。那张纸本身已经因为年代久远而有些泛黄了，而且它已经滑到了抽屉的外面，表明这已经是很久以前写给特雷加森的了。也许特雷加森在过去曾有过轻微的言行失检，他试图用一张五英镑的钞票来掩盖此事，尽管这无疑是愚蠢的。这种短暂的肉体方面的软弱在中年男子的身上并非罕见，而且特雷加森一坐下来想起它时，也一定是为自己的行为感到遗憾的。当然，字条的内容并不直接指向这起凶案。尽管牧师颇为怀疑它作为证据的价值，但他觉得最好还是让督察看一看。他对它的主旨和来源可能会有一些想法。于是他将纸条塞进马甲口袋，收拾好那叠放在旁边留给拉姆齐细读的文件，便回牧师公馆去了。

他的妹妹埃塞尔已经到了，于是3人开始坐下吃午饭。大家心照不宣，对他们最关心的问题只字未提。正如多德牧师对妹妹解释的那样，他们必须对说出口的话十分小心，才能使露丝恢复到一个更为健康的状态。她遭受了巨大的打击，而且仍面临着周四验尸官的讯问与她叔叔的葬礼。

午饭后不久，拉姆齐来了，看过牧师提供的文件后，安慰了露丝几句就又回了格雷斯托克。经验尸官同意，他已经安排在葬礼过后宣读遗嘱，时间是周五，地点将安排在圣迈克尔。特雷加森的哥哥，也是他唯一在世的亲属，给拉姆齐去信说生意上的压力使他无法立即前往康沃尔。他让律师全权处理兄弟的遗产，并在确定了葬礼的时间后通知他。他也给露丝寄去了一封简短的慰问信。他如此轻慢地便接受了朱利叶斯去世的事实，可见兄弟二人的关系并不亲厚。

拉姆齐前脚离开牧师公馆，牧师刚在书房的书桌前坐下，比格斯韦尔督察就开车前来要求见他。牧师对比格斯韦尔一脸的挫败感到讶异。他此前的乐观似乎已经消散殆尽，前额眉头始终紧锁。他在烧得正旺的炉火旁坐下，正对着牧师，谈起了自己来访的缘由。

“你瞧，先生——我并不介意告诉你，这桩案子的诸多事实之间就好比那句话一样，‘持方枘而内圆凿也’。坦白说，我完全不知道该怎么好了。就跟无头苍蝇一般。自从今早与你见过之后，我已经收集了大量的资料，但还是一点进展也没有。最新也是最令人困惑的一则信息是极为仁慈的皮维特夫人告诉我的，哈迪先生昨晚开车离开了博斯考恩，从此一去未返！”

“哈迪先生不见了？你是说他什么口信都没留下就消失了——要去哪儿跟谁都没说吗？”

“没有告诉任何人*说*他要离开。”督察纠正道，“换句话说，他溜了。皮维特夫人想当然地以为他只是晚上出门消遣。显然，他以前经常这样。但这次远非如此。他已经离开了这一带，我很确定。村里每个人都认识他和他的车，格劳奇从午饭后就展开了详尽的访查，昨天下午以后就没人再见过他。我不知道你怎么想，但在我看来，他逃跑的这个事实让他看起来很是可疑。他先是与特雷加森大吵一架，约一个小时后离开了湾舍，但早于特雷加森可能的中弹时间。我想知道的是——哈迪先生离开湾舍后直接去了哪儿，以及此后在他身上都发生了什么。”

“你一定不是在暗示罗纳德·哈迪谋杀了可怜的特雷加森，而他的失踪与命案有关吧？”

“这正是我的言外之意。他有动机。一个非常强烈的动机。特雷加森先生反对，而且还是强烈反对他与自己侄女的友谊。事实上，在特雷加森被发现中枪前的几个小时，他们曾就此事发生过激烈的争吵。”

“可是那些脚印。”牧师用温和的语气反对道，“督察，您一定没有忘记那3组脚印吧？”

“不，我没有！我真希望我能把它忘了。你现在明白我的处境了吗？处处都是自相矛盾的证据。我要是采信那些脚印的证据——目前我也没有什么不采信的理由——那射杀特雷加森的要么是他的侄女，要么就是穆里昂太太。”

“不可能！”牧师反对，“绝对不可能，督察。凭您对人性精准的判断力，您真的相信，发自内心地相信，露丝·特雷加森会犯下如此可怕的罪行吗？得啦，督察——咱们实话实说！你不能怀疑她！”

“如果我不怀疑她，”比格斯韦尔沉吟，“那我们就只剩下穆里昂夫人了。尽管我并不相信特雷加森小姐能犯案，但在我看来穆里昂夫人的嫌疑却更小。注意，我还没见过她。她骑车去了波思港，她家里人是这么告诉我的，今天晚上很晚才会回来。她也许能帮助我们解开这个谜团，但我对此表示怀疑。不明确的地方太多了。但我不介意告诉你——目前所有收集到的证据都表明，有罪之人不是露丝·特雷加森就是罗纳德·哈迪。仅仅出于直觉就认为特定的某人是清白的所以就排除他的嫌疑，这不是我该做的。我必须实事求是。你能明白我的难处吧，多德先生？在这种情况下，不能感情用事。”

“这正是我必须与您分道扬镳的地方了，督察。”牧师文雅地微笑着说，“我是一个推理小说的狂热读者，小说中的侦探总是倾向于低估直觉的价值，这让我很受打击。如果现在我必须解决这样一个问题，我应该首先将，比如‘恺撒之妻’①，这些人排除嫌疑，仅仅因为我的直觉拒绝相信另一种可能。接下来才是再调查那些剩下的人选，并且希望能有最好的结果！”

督察笑了。

“这当然是一种独创的刑事调查办法，多德先生。但我怀疑当你把它应用于实际情况时——比如，就这个案子——能否获得令人满意的结果。”

“哦，我想我不是，”牧师急忙表示赞同，“我绝不是想在您面前班门弄斧，督察。希望您能明白。天哪，绝对没有！我绝对没有反对您非常出色且高效的调查手法的意思。您*知道*的，我绝没有。”

① 相传恺撒之妻庞培亚与克洛狄乌斯有染，恺撒却说：“恺撒之妻不可受质疑。”

“一点不错。”督察说，“只是在这桩案子里，恕我直言，我应该有所直觉，但现在我却毫无头绪。比如这位哈迪先生，你对他的直觉如何？他和‘恺撒之妻’是一个性质的吗？”

“绝对数得上！”牧师斩钉截铁地说，“我曾在无数场合见过那个年轻人，我自认为对他性格的理解是相当准确的。郁郁寡欢，喜怒无常，或许还有点刚愎自用——但没有犯罪倾向，督察。毕竟，特雷加森死了他能得到什么好处呢？”

“那个姑娘。”督察直截了当地回答。

“哦，胡说！一派胡言！你不会认为露丝是那种会嫁给杀死自己叔叔的人的姑娘吧？嫁给一个杀人犯？”

“可如果她不知道呢？”

“罪犯背负命案能逍遥法外的概率有多大？——请原谅我的这个美式英语的表达！”

“大约七分之一。”

“那你认为一个像罗纳德这样高智商的年轻人会顶着这样的概率去犯罪吗？显然不会吧，督察？要是他和露丝决意不惜一切代价也要结婚，那他们为什么不采取显而易见的权宜之计——一起私奔呢？你知道，这是有不少前车之鉴的。我父亲就这么干过。可以这么讲，特雷加森并不是他们结合之路上不可逾越的障碍——只是暂时的麻烦。

你同意吗？”

“嗯，你说的也有点道理。”督察不情愿地承认，“但另一方面，也要考虑到这个年轻人顽固的心性。他在战争中得了炮弹休克症，不是吗？他可能留藏了自己服役时的装备。比如，他的左轮手枪。在一个错乱失常的瞬间，他有可能顺理成章地回归本能。就像潜逃——你知道，这种事以前也屡见不鲜。”督察的灰眼珠闪闪发亮，“先生，你同意吗？”

多德牧师突然叹了口气，点点头。

“你有权坚持自己的理论，正如我也有权坚持自己的一样。但我还是认为你怀疑罗纳德·哈迪这条路是走不通的。关于他的失踪，理由很可能非常简单。”

督察抽出他的笔记本，翻了几页。

“先生，你也许会好奇，我为何如此信任你。我可以告诉你。毕竟人多力量大。你比我更熟悉这两位年轻人。但我还是想让你看看这个。”

他倾身将笔记本递给牧师。

“读吧。”他补充道。

牧师将眼镜往鼻子下面滑了半寸，把笔记本拿远一点，照督察的吩咐做了。

第一段的标题是“露丝·特雷加森”，下文附有以下各点：

（1）R.T.[①]在死者被发现中枪前约一小时曾与他发生过争吵。言辞激烈（考珀夫人证词）。“你无权干涉。我已经长大了，可以随自己的心意过自己的生活。这是我和他之间的事！”

（2）R.T.没有不在场证明，在预估的死者中枪时间里（彭德里尔医生的报告），她无法证明自己不在崖边小径上。

（3）R.T.的脚印在崖边小径上被发现了，她不否认自己去过那里。

（4）R.T.的供词说当她走到花园尽头时并没有意识到有什么不对劲。那么，她为什么在沿着墙走到一半时，朝落地窗的方向停下了脚步，然后跑进屋里呢？（“啊！”牧师想，“原来他也发现了这一点，不是吗？”）

（5）打进房间的三枪非常分散。花园有四五米长。这证明凶手的准头很差。可能是女人。

（6）为什么R.T.在格劳奇明确要求不要离开屋子之后仍然出门了？想必是为了消灭罪证吧？可能是为了那把左轮手枪。

“怎么样，”督察看到牧师已经读到了这一页的最下面，便问道，“你对此有什么想说的吗，先生？”

① 露丝·特雷加森（Ruth Tregarthan）姓名的缩写。

牧师小心翼翼地将打开的笔记本放到椅子扶手上，用食指把眼镜缓缓推回鼻梁。有那么一会儿，他被督察罗列出来的事实弄得心烦意乱，以至于无法用自己的理论来反驳针对露丝有罪的指控。这样一看，带着一种批判性的清醒重新开始思考，他不得不意识到露丝正处于一个非常危险和艰难的位置。第一点和第六点他是头一回听说，他决定就这两点进一步问问督察。

比格斯韦尔毫不迟疑，三言两语地复述了考珀太太和她丈夫谈到的关于露丝在餐桌上吵架的证词，最后以他自己的话对那天晚上晚些时候作了小结。

“督察，我可以先从第一点开始，然后一条一条说吗？”

“这正是我希望你做的，多德先生。欢迎批评一向是我的准则。真相并不总是一望即知，不是吗？一场寸步不让的论辩正是我现阶段调查所需要的——所以，请继续，先生。”

“那么首先，”牧师指尖相对，仰靠在他的扶手椅上，说，“这场争吵。我不认为是特雷加森小姐的有力罪证。请注意，督察，我现在用的是你的那套话语。我只摆事实，不涉及我的直觉理论——明白吗？如果露丝以前从没有和她的叔叔吵过架，那么，餐桌上的这场混乱也许就不仅仅只是巧合——鉴于特雷加森大约一小时后被枪杀了。但她以前……经常和她叔叔吵架。我们有考珀夫妇的证词。既然吵架已经是家常便饭，如果那天晚上没有发生特雷加森的命案，那么没人——包括考珀夫妇在内——会认为这一场争吵有什么异常。”

“当然，第二点毋庸置疑。除非出现其他证人真切地听到了三声枪声，从而确定特雷加森*准确*的死亡时间，而且有证人能证明露丝在那个特定时刻在别处，否则我可以向你担保，她确实没有确凿的不在场证明。”

“第三点——坦白说，督察，第三点使我很困惑。我无法解释为什么在崖边小径上只发现了露丝和穆里昂太太的脚印。我只能猜想，罪犯在行进的过程中，通过巧妙的安排把自己的足迹给抹掉了。我*读*到过相关的手法，至于是否可行我不太说得上来。事实上，考虑到降雨量，我有点怀疑咱们是不是对这一调查方向投入了过多的注意力。第三组脚印*可能*被雨水冲掉了。这不太站得住脚，我承认——但也是一种可能的理论。”

“第四点很有意思。我昨晚也发现露丝朝窗户看过后是跑进屋子的。”

“挺厉害啊！”督察想。

“可她的这一举动并没有什么特别可疑之处。”牧师继续温和地说，“毕竟，昨晚特别潮湿，从崖边小径望去，起居室看起来一定是一片名副其实的舒适绿洲。一想到烧得正旺的炉火和可能与叔叔和解，那姑娘便不由自主地加快了步伐往家赶。”

“我们接着来看看你的第五点，督察——散乱的弹孔。你可能还记得威廉·S.吉尔伯特那句著名的罪刑相当吧？还记得吗？我想你应该记得！好吧，现在我要把这句话换一种说法——你这是在让证据与案情相符。你怀疑露丝·特雷加森。露丝·特雷加森是位女性。分散的弹孔表明是一位女性开的枪。你把你最开始的怀疑坐实了，使之看起来*似乎*成为对特雷加森小姐不利的证据。毕竟，督察，一个未经训练的男性，他的准头也可能同样很差——尤其是当他情绪极不稳定的时候。所以真的，抱歉——我担心这条论据恐怕站不住脚。”

“还有最后一点。”督察问。

“古怪。很是古怪。我承认露丝的说法听起来确实有点牵强。但另一方面，这确实为她的行为提供了一个说得通的解释。她心烦意乱——并不怎么理智——因此是可能产生某种完全不合理的奇特想法的。女人常常是不可理喻的，督察，也不讲逻辑。而你现在面对的是一个处在剧烈打击的重压之下的女人。”牧师停了一下，坐直，透过金边眼镜诚挚地望着督察，“我是否动摇了你认为露丝与这桩重案有干系的看法？抑或你仍然坚信她有罪？”

督察伸直双腿，胳膊肘用力把身子撑直，两眼盯着炉火。

“我不知道。我不知道该怎么想。你用我的矛光明正大地攻击了我的盾，多德先生，而且我并不讳于承认你的话里信息量庞大。现在，如果没有占用您太多宝贵时间的话，先生，有劳您把那笔记本翻到下一页，看一看下一段。”

牧师照做。比格斯韦尔督察屈尊与自己讨论此事，他既有些受宠若惊，又有些暗自讶异。即使在最乐观的时刻，他也从未想象出这样的场景——自己坐在一张扶手椅里，一位警官坐在另一张里，他们之间隔着……一桩谜案。如果他没有对这桩罪行感到震惊万分，而案件的后果也没有波及露丝的话，他会格外享受这种史无前例的局面的。

他把眼镜重新架上鼻子，开始消化下一段内容。这一页的标题是“罗纳德·哈迪”，和此前一样，这一简洁标题的后面罗列了几条简明扼要的事实。

（1）R.H.[①]在死者遇害当晚与他吵过架。（皮维特夫人

① 罗纳德·哈迪（Ronald Hardy）姓名的缩写。

的证词。)

(2)R.H.大约8:45的时候匆匆离开了湾舍，晚饭碰都没碰。(皮维特夫人的证词。)他也没说要去哪儿。

(3)R.H.从此再也没在附近被人看到过。很可能是犯完案后逃逸了。

(4)R.H.有一支左轮手枪。韦伯利款。点45口径。已发现的子弹与之吻合。左轮手枪最近刚从枪套中被取出，现在不见了。

(5)R.H.，就目前所知，自8:45起就没有不在场证明。

(6)据悉他反复无常，易怒。在战时得了炮弹休克症。

看来比格斯韦尔督察对罗纳德的指控已经昭然若揭，牧师递还了笔记本。发现督察正带着期待的疑问神色望着他，他摇了摇头。

“抱歉，督察。我不准备逐一驳斥这些条目。一方面是因为你盘问皮维特夫人的时候我不在场，另一方面是，我不能假装自己像了解露丝那样与罗纳德·哈迪相熟。至于第四点和第六点，再加上第一点，确实使这桩案子显得对他极为不利。至于他的失踪，我之前也说过，原因可能其实很简单。我想你已经安排人去打听他的下落了吧？”

“我在舟船客栈吃完午饭后直接去了趟总局，他们正在通报那个年轻人的样貌描述，还有他的车的样子。不过据我们所知，他现在可能在苏格兰旷野或者国外。多德先生，他和你谈到过什么亲戚，或者特别提起过哪些朋友吗？”

“从来没有。我一直觉得他是个有点孤独的小伙子。独立而且思虑重的人通常都是这样。除了他接受过公立大学的教育，战时在步兵团以少尉的军衔作战外，我对他的过去真是一无所知。”

“好吧，在我们找到哈迪先生，说明他昨晚的行踪之前，我觉得这条线的盘查暂时是走不下去了。说到这个，先生，那内德·索尔特这个人呢？他‘大名鼎鼎’，你一定认识他吧？”

牧师笑出了声。

“认识他！老天啊——当然认识了！他可是博斯考恩的知名人士之一。尽管我对他‘总是分不清*东西的物主究竟是谁*’而感到遗憾，但我并不认为他的本性恶劣。他的罪行都是些小问题——偷猎、顺手牵羊之类。但总的来说，我不认为内德是那种本质上的重刑犯。他不够精明也不够机灵。”

督察沉郁地点点头。

“跟我料想的差不多。”他说道，“我认为我们可以把他与特雷加森在车道上的谈话视为纯属巧合而不予考虑。

不过我还是得见一见他。”

“对了，”比格斯韦尔停了一会儿后接着说道，“我想你已经检查过特雷加森的文件了吧？发现什么有用的东西了吗？”

“恐怕什么也没有。除了这个。我是在他书桌抽屉的后面发现的。里面全是灰。”

他将之前塞进马甲口袋里的小纸片递给督察。督察默不作声地看了，然后将它折起来，夹进笔记本的纸页之间。

“啊！对它恐怕不能抱太大的期望。不过你若是不反对的话，我想暂时还是先顺着这条线查一下吧。不能忽视那些看似微不足道的细节，多德先生。我们面临的是一个非常棘手的难题。”

牧师还没来得及做出适当的回答，车道上就传来了车轮驶过的噼啪声，格劳奇戴着头盔的脑袋从窗边闪过。

“估计这是来找我的，”督察说着站起身来，“我告诉过他我应该会来这里。”他伸出手来，“好吧，非常感谢，多德先生，谢谢你的帮助，一场非常有意思的谈话。我猜你会出席聆讯的吧？我们应该不会请你做证人，但如果你能出席就好了。”

“哦，我会去的。”牧师向他保证，“因为露丝——可怜的孩子。这对她来说将是巨大的折磨。我必须尽我所能让她安心。”他打开门，“再见，督察。你一有确切的报告就通知我好吗？在你将露丝和罗纳德完全排除嫌疑之前，我是无法安心的。”

格劳奇已经被领进大厅，督察受了他的敬礼，两人碰上头，出门来到了车道上。

“怎么样？”

“长官，分局刚刚来了消息，他们追踪到了哈迪先生的车。”

“这就查到了！他们动作真快！”距离他从警员的小屋给格雷斯托克打电话描述失踪者和车的特征才过了两个小时而已。“在哪里？”

格劳奇笑了。

“总局一百米外的地方，长官，在马斯顿街上的芬顿便捷车库里，就在主干线车站旁。哈迪先生昨晚深夜将车停在那儿，然后上了帕丁顿快车。售票处的一个小伙子根据你发去的描述认出了哈迪。看来他是逃到伦敦去了，长官。”

督察冷酷地一笑。

“看起来是这样！他*逃*了！毫无疑问。一个人如果想要一个迅速消失的把戏，他一定会去伦敦。这方面我们怕是没什么能做的了。现在大都市的同僚们对这种情况怕是已经见怪不怪了。他们也许能追踪到他离开帕丁顿后的行踪。我最好再和警司联系一下，看看他那儿有没有什么进展。要不你就把你那辆‘老爷车’推到后座上，跟我一起坐车去村里，格劳奇。”

“什么‘老爷车’，长官？”

“没错——就是你那要命的玩意儿！”督察嚷道，手指向格劳奇那辆正倚靠在牧师公馆外墙上的自行车。

第八章

是罗纳德·哈迪吗？

督察离开后，多德牧师拉开书桌前的椅子，重新开始准备周日的布道内容。他更喜欢称其为“谈心”，每逢周二下午，他总会粗略地列出诸项主题。为了避免任何人与事的干扰，女仆总是在4:30准时端着茶盘蹑手蹑脚地走进书房，悄无声息地将茶盘放到他的书桌上。然而不知何故，在那个周二，他的灵感之火迟迟无法燃起。他多番追寻均是徒劳。他刚坐下来写出一两句话，思绪就游离四散开去，接着他就发现自己正在回想刚才的交谈。

督察掌握的证据，尤其是那完全合乎逻辑的质疑使他感到不安。在看到比格斯韦尔的笔记之前，他压根没有意识到露丝与她叔叔死亡之谜的牵扯是如此之深。现在只有他一个人了，不再受同情心的驱使，也不用驳斥督察的观点，他开始察觉出那姑娘行为中的神秘和古怪。并不是他开始怀疑自己的直觉——相信露丝无辜，而是他觉得她的行为是由某种不幸的情形引起的，某种她不愿提及的情形。他压根无从知道那种情形究竟是什么。他甚至不能肯定自己对她反常行为的判断是否正确。他只是感觉到露丝被某种棘手的处境所迫而不得不闪烁其词，对比格斯韦尔督察和自己都有所隐瞒。

他毫不怀疑，这是一种必要且可贵的隐瞒。露丝一向无私利他。她一直都是那种把他人感受看得比自己重的姑娘。弱势群体的捍卫者，大意与任性之人的庇护者。她凭借着自己的忠诚与通情达理，一次又一次地将地方委员会的矛盾化于无形。她像对待日常工作一样，一次又一次地担下别人的过失，一声不吭，并对紧随而来的批评照单全收。这种对他人，或者说是对某一个人的顾及，能够让她的反常言行得到解释吗？牧师纳闷。

他长叹一声，接着写布道词。有那么20分钟的时间，他写得十分流畅，下笔如有神。然而紧接着，他的灵感再一次枯竭，特雷加森谋杀案的那些事实开始像一群乌鸫一样，在他的脑际盘旋。

钟敲了6下。圣·迈克尔的钟声也加入合鸣，洪亮的钟声随着风飘飘荡荡。牧师朝面前那张写了一半的纸盯了许久，再也无法忍受自己思绪的停滞，于是走出屋子来到大厅，抓起粗花呢猎帽，从伞架里的那一簇中选了一支梣木的文明棍，大步朝悬崖走去。晚餐不到7:30不会开席，他有足够的时间沿着悬崖一路散步到托湾，然后走大路回牧师公馆。

不久，格雷灵斯被撇在了右手边，他走上崖边小径，开始迈着轻快的步伐朝那些隐蔽的农屋走去，它们星星点点地分布在岩石密布的海湾前滩上。空气清冽刺骨，携着浓重的咸气从浅灰色的大海吹来。几片银白橘黄的云彩明亮得难以置信，沿着海平线的阴暗边缘绵延开来，被西沉落日的几缕雾霭余晖所划破。一艘汽船缓缓行驶在海岸线外几公里的地方，烟囱上那股烟熏火燎的黑雾挥之不去。海鸥在头顶悲鸣，间或盘旋着将它们的胸脯轻沾水面，像白色的软木塞一样在乳白色的浪花间起伏。这幅景象宁静深邃，与他身后矗立于冷硬海岬上周身笼罩着不祥且凶险氛围的灰色房屋相去甚远。

然而，通过这番轻快的活动，一直盘旋于他脑际的关于格雷灵斯的事，也变得清晰起来。他无法摆脱这个迫切的问题——毫无疑问，整个博斯考恩都在问这个问题——是谁谋杀了特雷加森？

不是露丝。哦，当然不是露丝！那么是谁？罗纳德·哈迪？如果真是罗纳德——为什么呢？

如今不知疲倦的比格斯韦尔所收集的大量证据确实使这个案子对那位年轻人极为不利。假如罗纳德疯狂地爱上了露丝，决意娶她为妻，结果却在特雷加森那里遇到了极其坚决的反对呢？极其坚决的意思就是，除非诉诸可怕的谋杀，否则绝无回转的可能。难道一个像罗纳德那样聪明且有个性的人真的会堕落到用这种惨绝人寰的手段来达到自己的目的吗？而且为什么特雷加森对他们的事有如此举足轻重的发言权呢？露丝25岁，罗纳德至少比她大7岁。没有什么能阻止他们自己对事情掌握主动权。据他所知，罗纳德有一笔为数不多的个人收入，还有他写作的钱，而露丝，毫无疑问，已经有她父亲给她安排的一笔年金。所以他俩的问题不可能是经济问题。如果不是钱，那是什么呢？是特雷加森有罗纳德·哈迪的什么把柄吗？是否是他掌握着关于此人过去的丑恶秘密并威胁他如果不离自己侄女远点就要把它抖搂出来？也许是特雷加森知道哈迪家族的上一代人有些什么污点，而露丝自己却被蒙在鼓里。根据各方说辞，不论什么原因，特雷加森似乎都坚决反对这门婚事。不可能是什么不舍得侄女出嫁之类的原因，因为在博斯考恩，露丝与叔叔关系不好是众所周知的。那么，为什么特雷加森要如此强烈反对？

除此之外，假设罗纳德·哈迪在情绪极端激动的时刻，*确实*谋杀了特雷加森——那当他恢复到一种更理智的心态后，他将会认识到自己行为之过分并勇敢地承担后果吧？他不是懦夫。他的战争经历就说明了这一点。他曾经两度得到报道。不仅如此，他的性格细腻敏感，其根基是对诚实与正直近乎狂热的执着。如果是他谋杀了特雷加森，他不可能奢望自己与露丝的情谊能够继续，即使能够逃脱法律的制裁，难道他能自欺欺人，以为婚姻幸福能够独立于满是谎言与欺瞒的生活吗？这完全是异想天开。这个年轻人并不傻。露丝也不傻。这座虚幻的天堂迟早会像纸牌搭成的房子一样坍塌在他的头上。

可是他*已经*失踪了。他突然间音讯杳无，关于自己的去向没有留下只言片语，就在特雷加森被发现枪杀身亡的当晚。有没有可能是——这个念头一冒出来，牧师都被自己吓了一跳——露丝杀了她的叔叔，而罗纳德为了包庇她将嫌疑都吸引到自己身上？这类事在以前的犯罪年鉴上也时有得见。可是露丝？露丝？那个孩子？

牧师嫌弃自己提出了这样一个可恶的推论。太荒谬了。不可思议！他站定，沉思了好一阵，凝视着光线渐暗的大西洋。

那如果事情是反过来的呢？如果罗纳德杀了特雷加森，而完全知情的露丝试图替罗纳德遮掩呢？尽管这个猜测看起来很糟糕，但它显然比其他推论更易于被接受。如果露丝用某种手段设法消除了罗纳德在崖边小径留下的痕迹，然后意识到叔叔可能还活着，便抱着为时不晚的一线希望直接冲进了起居室。她从罗纳德手里夺过那支左轮手枪，或许就藏在雨衣的口袋里，偷偷带进卧室，然后在那天晚上的晚些时候，溜出房子，将左轮手枪扔进海里。这样一来她举止怪异又鬼鬼祟祟地离开屋子的理由就得到了解释。而那些弹孔散乱则是因为罗纳德精神错乱，几乎不知道自己在做什么。这也就解释了督察说的罗纳德书桌里只剩枪套不见手枪。没错——这个猜想可以解释很多问题。但这就是真相吗？真的有这可能吗？罗纳德与露丝联手？

牧师再次在自己的解释面前退却。他意识到它像藤椅一样，满是漏洞。露丝对罗纳德很有影响力。她是一个清醒、务实的姑娘。她不可能会与罗纳德联手共谋出如此残忍的凶杀，无论刚才推论中她的动机有多强烈。一定是哪里出了问题。链环上少了一节。如同黑暗的鸿沟需要桥梁才能跨越。可是，截至目前督察已经失败了，可他自己能把这座桥搭起来吗？

他要用自己的直觉理论来试一试。刚才想到哪儿了？直觉迫使自己相信露丝和罗纳德是无辜的。那就只剩下内德·索尔特——这个村子里的“坏蛋”，害群之马。他知道，在索尔特一家搬离玫瑰小屋的事上，内德和特雷加森之间闹过不愉快。特雷加森以偷猎的罪名将对方投入监狱，接着又因为索尔特的妻子付不起房租，立刻将索尔特一家赶出了小屋，一刻也不宽限。他认为特雷加森的这种行为，往最轻了说，也是不可原谅的。这是一种残忍且毫无磊落可言的把戏——就好比一个人已经毫无还手之力地倒下了，他还要往人家身上踢上两脚。根据村里的小道消息，索尔特一直发誓要找特雷加森复仇。这是他复仇的做法吗？可如果是索尔特谋杀了特雷加森，那就说明这是一个精心策划并得到完美执行的计划，因为就目前暴露到阳光下的证据来看，凶手没有露出任何马脚。索尔特之所以受到怀疑主要还是因为他劣迹斑斑。然而，正因为他是索尔特，人们才无法相信，他居然能深谋远虑、趋利避害，实施堪称完美的谋杀。在法庭上见证过他那么多次的判决之后可以得知，这个偷猎者与狡猾毫不搭边。从很大程度上来讲，他是由于那些极其愚蠢的行为，才会站到地方法官的面前的。那家伙是个傻瓜，与生俱来的傻。说不通的是，他突然摆脱了自己的愚蠢，就跟一个人脱掉大衣一样，摇身一变，成了一个头脑冷静、做事有条不紊的凶手。

而且内德·索尔特在督察的“小名单”上位列最末。

牧师百思不得其解，长叹一声，承认自己被打败了。在他曾如饥似渴地读过的那些故事里，有远比这更迷人、更可怕、更骇人的谜案，可他觉得，任何一个，都没有眼下这个更难对付，解决方案迟迟不肯露面。

夜幕降临，多德牧师顺着下坡向海湾深处行进时突然想到，特雷加森之死的谜团与逐渐逼近的黑夜有着几分相似。四下里的微弱灯光仍然闪烁着转瞬即逝的光亮，即使你盯着它看，它也会缓缓消逝，变得越发微茫，直到眼前的景象彻底被黑暗所笼罩。

孤零零的海湾上零星分布着6间农舍，一些窗户被灯光映成了一个个橘黄色的方块。牧师清楚，其中的大部分产业属于特雷加森。显而易见，那破败是对房东的无声控诉——烟囱到处都缺石少料，花园的院墙摇摇欲坠，一两扇破碎的窗户塞满了破麻布用来防风。牧师犹豫是否该去拜访一下威瑟斯太太，顺带看看那对双胞胎。但意识到在这个时间点上不请自来会给他们家造成恐慌，他便从她家小屋的左边顺着一条石子路朝前滩走了下去。

一盏提灯在一大块花岗岩所形成的天然船台上晃动，牧师辨认出了一个蹲在船上的模糊人影。当他走近，那个脚蹬橡胶高筒靴、穿着一件蓝色水手服的人抬起头来。他的手不自觉地伸向前额，毕恭毕敬地行了个礼。

“晚上好，伯登。”牧师和蔼地说，“在下饵吗？”

他看到一个散发着淡淡磷光的罐子里装满了蛤蜊，还有一根带钩的钓丝缠绕在船底。

“是，先生。”伯登说道，“您哪天晚上跟我一起出趟海啊？您总说您乐意至极。”

“哪天我得空的时候，伯登。渔获还好吗？”

此人瘦骨嶙峋、脸色阴沉，个头远比常人高，他耸了耸肩膀。

“天气在跟我作对。”他咕哝着说，“我已经10天没能出海了。所幸的是，我不像他们某些人以此为生，先生。”

伯登是海湾那头板岩采石场的一名采石工。事实上，托湾正是由于临近这些采石场才得以存在。

牧师点点头，祝他出海有个好收成，然后转身开始沿着连通村舍与主干道之间的崎岖小路往上爬。

他的思绪又一次回到了特雷加森之死这个问题上。寄希望于她或许会信任自己，他想直截了当地问问露丝她的那些反常行为是怎么回事。然后，如果巧加解释可以把事情说通的话，他就可以去见督察并为露丝洗脱嫌疑。他最终确信，这将是一个明智的计划。他打定主意，这天晚饭后，他要与露丝单独待一会儿。

对妹妹稍做交代后，他尽量不让露丝意识到这是一场有意为之的*促膝长谈*。埃塞尔正忙于承担身为妹妹的职责，要替牧师补袜子，突然记起自己把针落在了卧室里。书房里就只剩露丝和牧师了。

牧师先是围绕着特雷加森之死谈了一会儿，接着提到了验尸官的聆讯。

“我知道，这对你而言将是一次折磨，亲爱的孩子。不过这种案子，聆讯只是走走过场罢了。督察打算传唤一些证人，但我不确定验尸官是否想要问他们很多问题。目前收集到的证据都自相矛盾。太蹊跷了。”

“我知道。”露丝说，“这桩可怕的案子都看不到头。一切都太残忍了！无耻至极！我希望叔叔之死的谜团能够解开并尘埃落定——我想把这事彻底忘掉。它一直在折磨我的思想。我晚上做梦，白天也整天在想这事。我控制不了自己！”

牧师稍做停顿，异常严肃地开腔道。

“你要知道，露丝，你对此事的缄默让我很是担心。我很清楚你不愿多谈这件事，但我认为还是应该告诉你，比格斯韦尔督察今天下午在这里问了我关于罗纳德的事。”

露丝立马抬起了头。

“罗纳德！可罗纳德跟我叔叔的死有什么关系？我叔叔确定身亡的时候他在村子里。”

“不，亲爱的。他那会儿恐怕不在。那正是棘手之处。督察发现罗纳德恰好就在你叔叔的预计死亡时间之前离开了湾舍，此后就没人再见过他。他失踪了。”

“失踪了！”

“没有人知道他的下落。他就这样凭空消失了，没有留下地址。他在这个关头突然消失，如此凑巧恐怕不是好事，因为这意味着警方自然会对他的行为起疑心。”

“您的意思是他们认为他杀了叔叔，然后消失，以此逃避罪责？但这太荒谬了！简直可笑！他们不能这样想罗纳德！”

“可他们确实这样认为。”牧师突然倾身向前，语重心长地说，“亲爱的，你知道他去哪儿了吗？你对他昨晚的动向知情吗？你是不是因为担心他的安全而向警察有所隐瞒？如果是这样，那你一定要告诉我——知情不报是不现实的。真相，而且只有真相才是眼下最为重要的。隐瞒信息可能反而会拖累罗纳德。他们最终肯定追查到他的下落的。就是这几天的事儿，甚至只要几个小时。所以如果你有所隐瞒，一定要告诉我，亲爱的……看在罗纳德的份上。”

“可我没有隐瞒！没有！”露丝痛苦地分辩道，“这事不可能是罗纳德干的。督察没有权力，也没有理由去怀疑他。哦，我理解他必须对某人提出指控，但试图将罪名归结到罗纳德头上是荒谬的！”

“可他怀疑的不仅仅是罗纳德。”牧师平静地继续说，“尽管我万分不愿将这种想法付诸语言，可是亲爱的，他还怀疑你。”牧师看着露丝脸上愤恨惊愕交加的神情，迫切地继续道，“嗯，我知道这是无稽之谈！我也这样告诉督察了。我们当然知道，这件可怕的事与你无关，然而无论如何，我们还得说服督察，让他也这样想。昨晚警员严令大家不要离开格雷灵斯，你之后为什么还要出门呢？亲爱的，你不觉得这个行为莽撞了吗？”

“可我告诉过督察了——我想出门透透气。那种氛围我实在是一刻也不能忍受了。我感到窒息。”

“没有别的原因了吗？”

露丝瞥了一眼牧师，内疚地低头看着炉火。

“您什么意思？”

“比如说，你没有试着联系罗纳德？提醒他某些事？”

“可我向你发誓。”露丝叫道，“我昨晚根本就没见到罗纳德。我去了他住的地方，可他出门了。从那以后我就没再见过他。直到几分钟前你告诉我，我才知道他不见了。”

牧师叹了口气。他意识到露丝不能或不愿帮助他弄明白昨天晚上的事情经过。

“你为什么中途突然停下脚步，看向起居室然后跑进屋子？”牧师问道，“那个时候你并不知道你叔叔已经死了。”

“你怎么知道……”

“没错，我知道，亲爱的。上帝仁慈赐予了我这双眼睛。但你为什么要那样做呢？”

“我——我想出去淋会儿雨。”露丝对答如流，“等看到炽热的壁炉火光和灯光后我才突然意识到自己身上湿透了。所以我自然而然地就跑完了剩下的路。这没什么奇怪的吧？”

“一点也不。”牧师急忙表示同意，“我问你这个问题，亲爱的，只是出于好奇。”

“好像每个人都想问我问题。”露丝长叹一声说，“先是格劳奇，然后是督察，现在又是你。我还能忘掉这场可怕的噩梦吗？”

牧师起身坐到露丝椅子的扶手上，握住她的手。

“我亲爱的孩子。”他说，“你要知道，这些问题，除非是我认为必要的，否则我也不会问。我想把事情搞明白，分析所有的证据，运用我的想象力，查明真相。从现在起，不说服督察让他相信你和罗纳德与这桩残忍的命案没有一丝干系我决不罢休。在此之后，我希望能够有机会告诉他真正的凶手是谁。”

“你发现什么了吗？”露丝异常焦急地问。

牧师摇头。

“到目前为止，我什么也没有发现。我对案情的掌握远不及比格斯韦尔督察。可是你看，我有一个方法。我称其为直觉调查法——长远来看，这可能将被证明是一个在进退维谷之时非常有用的辅助手段。我们就说到这儿吧，好吗，露丝？”

第九章

协同作案?

给格雷斯托克的警司打过电话后，比格斯韦尔督察决定临时改变计划，不再留在博斯考恩等穆里昂夫人从波思回来后对她展开问询。这位助产士从托湾回来的一路很可能很顺利，当然，肯定是很不方便。掉了一只跟的鞋走起来肯定不容易。督察心想，如果她有什么重要的信息要说，她一定会在那天早上动身去波思之前就报告格劳奇的。几乎可以肯定，考虑到特雷加森死讯的传播速度之迅疾，她不可能在离开博斯考恩的时候还不知情。明天周三，有足够的时间来讯问她，因为聆讯要到后天才开始。因此，他给格劳奇留下指示，让他稍后骑着自行车去一趟她家，安排穆里昂夫人明天一早在警员办公室与他见面。

随后格里梅特开车送督察回格雷灵斯，那里的车道入口处和旁边的空地上异常地聚集着一小群观光客。他找到当值的魁梧警员，后者正被几位急切的记者团团围住，有所保留地回答了几个关于案情细节的问题后，他安排这位警员留下值夜。他提醒警员，别让任何人进屋，如果有胆大妄为的记者向他提问，也要守口如瓶。接着，他朝格里梅特吩咐了一句“加把油门”后便陷入了沉思，车加速向格雷斯托克开去。

刚到警局，他就被告知警司要第一时间见到他。他立即直接前往办公室。警司是位大约50岁、圆头圆脑、头发花白的男子，正坐在办公桌前写着东西。督察进来时他抬眼，点了点头，推开手头的工作，示意比格斯韦尔坐下。

“听着，比格斯韦尔。”他开门见山地说道，“我最好就跟你直说了，警察局长对这桩案子有点恼火。我知道你不可能一天就破案，但看在上帝的分上，伙计，如果你已经有了初步的推论，就抛出来吧。我们不想让苏格兰场插手这事。你知道警察局长的座右铭——‘给他们一个机会，他们就会得寸进尺地要两个。’这个‘他们’，现在指的就是你、我和其他同仁。你与我一样清楚，假如你尚未有清晰的调查路线，那就意味着要请专家来了。”

比格斯韦尔督察咧嘴一笑。

“我喜欢这说法，长官。‘专家’！”

“这个嘛，就是这么回事。从某种意义上说，刑事调查不是郡警察的主要职责。这你也是知道的。日常工作就够我们忙的了，更别提还要调一个人手去做华而不实的事了。明白我的意思了吗？”

“您的意思是警察局长将不得不联系苏格兰场，除非我能向他证明自己正顺着一条明确的线索进行调查？”

“实话实说——就是这意思。好吧，怎么样，比格斯韦尔——有想法吗？”

督察犹豫了一阵，然后深吸一口气，抽出自己的笔记本然后打开。

“没错——我想我终于有了一个切实可行的推论。您了解这个案件的主要事实吧，长官？”

“我读过你昨晚的报告。”警司说着，不紧不慢地将烟斗填满，“我想你下午的电话里也把今天的调查情况基本告诉我了吧？”

“正是这样，长官。我在从博斯考恩回来的路上绞尽脑汁，现在差不多明白了，这个案子的事实是这样的。露丝·特雷加森和罗纳德·哈迪是协同作案。他们对这场谋杀策划已久，谨慎且高效。特雷加森强烈反对他们二人交往。他究竟拿住了他们什么短处，我目前还没有查到。他或许了解哈迪的过往，某些不光彩的事，并威胁他们如果他们二人自作主张私奔的话，他就把这些抖搂出来。至于他为什么如此激烈地反对那个姑娘的这桩婚事——原因在我看来是显而易见的——钱。我敢说，应该存在某种安排，让这个姑娘在婚后可以得到她父亲留下的一笔钱，但在她结婚之前，这笔钱由特雷加森掌控。您明白我意思了吗，长官？现在，在我看来，凶案原本就计划在昨晚施行，哈迪要在预定的时间沿着崖边小径偷偷潜过去，而女孩则不能在案发现场。这将帮助她避免被问到某些令人尴尬的问题导致露馅儿。凑巧的是，昨天晚餐的时候，特雷加森和她吵了一架——于是她抓住这个机会，以吵架为借口冲了出去。你看，长官，当时正电闪雷鸣。如果她就这么冒雨出去了，看上去会显得古怪。她甚至可能是故意激怒叔叔吵这一架的，从而让她的离开看起来更自然。或许吧。好了，现在我们来说脚印之谜。3组脚印。这女孩来回两组，另外一组是穆里昂夫人从托湾去博斯考恩。我承认自己一开始被糊弄住了。我没太明白哈迪是如何参与这桩计划的，毕竟他不可能从崖边小径上走过却什么痕迹都不留。然而，当我一听到他失踪的消息就立马确定，他参与了对特雷加森的谋杀。”督察停了一阵，又装作若无其事地补充道，“嗯，长官，我想我已经把那个小困难给解决了。”

显然，他对自己解决了这个乍看之下似乎无解的难题感到相当满意。警司用力地吸着烟斗。

“继续，比格斯韦尔。”他迫不及待地说，“说来听听！”

“是格劳奇——对了，他是当地的警员——首先让我想到这个主意的。他用几个栏架把花园尽头的崖边小径围了起来。这个格劳奇，真是个聪明的家伙。我一眼就看出那些栏架是从哪儿弄来的——花园墙上靠着大约6副栏架。当时我也没留意。但后来，在回这儿的路上，我意识到，那堆看似无关的栏架中正暗藏着脚印之谜的答案！您明白我意思了吗，长官？”

警司不置可否。

“继续，比格斯韦尔。”

“唔，长官，我突然想到，露丝·特雷加森从侧门离开房子后，沿着花园尽头的小路一直走到靠在北墙上的那堆栏架前。那是花园面向博斯考恩一侧的墙。此时她要做的就是把栏架放下来盖住那段与北边小路之间大约四五米长的烂泥地。这些栏架——顺便说一句，是柳条编的——约有两米长。这样她就在墙与空地上的那片更坚实也没人走过的草地之间架起了一条完美的小路。接着她又回到墙角的小路旁，沿着崖边小径往回走，让哈迪知道台子已经搭好了。”

“那些栏架——你认为是她的主意？”警司怀疑地问道。

“不——是哈迪的。我敢说，哈迪以前应该是见过铺在泥地上的道板。可能出于某种原因，让那姑娘把栏架搁在了墙边或哪里，并对她的行为做了一定的指示。”

“我明白了。继续。”

“这个嘛，现在就说到了一件我不太明白的事情。哈迪为什么要把车开走？他似乎是在最后一刻才决定要上演这出大变活人的戏法的，不是吗？事实上他已经跟姑娘约好了在崖边小径会合并确保她已经将栏架布置好。然后，在最后一分钟，他决定取车。为了能在紧要关头以最快速度逃离，于是他开车从大路抵达。所以他跟那个姑娘就走岔了没遇上。我敢说，当她走到湾舍发现他已经走了时，想必大吃一惊。她一定会好奇事情在最关键的时刻是不是出了岔子。你或许会注意，她没在他家等多久。几分钟后，他还没现身，她就慌忙沿着崖边小径回去将那些栏架复位了。说得通，对吧？”

警司表示同意。

“这些都很好，但关于那三枪，据我所知，一定是从悬崖上发射的。你可记得，那条路上可没有栏架。”

“射杀特雷加森的子弹不是从小路上来的。”督察强调说，“致命的子弹来自院墙的方向。哈迪走过栏架，很可能脱了鞋但穿着袜子，爬到墙上，朝窗户扔过去那姑娘给他的碎石子，然后开了三枪。很简单，是吧？然后他原路返回，穿上靴子，从空地上抄近路来到大路上停着的车边，跳进车，然后飞速开往芬顿的车库。”

“那女孩呢？”

“沿着崖边小径返回。她顺着栏架走，把它们挨个捡起来，堆到墙边。我们发现了她往回走的足迹，是沿着崖边小径往侧门去的。不仅如此，长官——你还记得我发现她停下来过，朝窗户里看了看，然后向侧门*跑*去了吗？”

“没错。”

“这就是了，如果她对命案一无所知，怎么会*突然*跑成那样？答案——因为她确实知道发生了命案。她确实知道那是……呃……”

“*既成事实*[①]。”警司提议道。

“就是这个意思，长官。她之所以知道这是……呃……就是您刚才说的那个，长官，是因为起居室的窗帘被拉开了！她甚至可能也发现了玻璃上的弹孔，如果她本来就在等这个的话。”督察伸了个懒腰，拿起笔记本塞回自己的口袋，“嗯，长官，这就是我的理论。各方面看起来似乎都挺合理，不是吗？大部分都解释清楚了。”

“对，基本可以下结论了，比格斯韦尔。这看起来是一个明智的推论。”警司表示同意，“只有一件事——那姑娘在凶案*后*小小的越轨行为怎么解释呢？”

“您的意思是她为什么偷偷溜出屋子吗，长官？是的，

① 原文为法语成语。

我很高兴您问了这个。起初我也不明白，百思不得其解。当然，最显而易见的解释就是，她有某样想销毁的罪证。但是什么？左轮手枪吗？我不太明白哈迪为什么要把左轮手枪到处乱放，他本可以轻易将它扔下深崖。但后来我突然想到——他一开始并不想把枪扔掉。那是会有变数的。万一从他手中滑落，掉在崖边小径上了呢？然后怎么办？那他就进退两难了不是吗？他在墙上够不到它，也不敢沿着小路走过去捡起来。犯下凶案后他一秒也不敢多留，因为生怕会有人听到枪声。他知道那姑娘要沿着崖边小径回来收栏架，所以他就把左轮手枪留在了原地。她来了，看到了它，把它捡起来藏在雨衣口袋里，偷偷带进卧室，后来又把它扔进了海里。整件事这就说通了，是吧，长官？我认为这次我们不必请专家了。毕竟，我们请苏格兰场的人要是请得心不甘情不愿也没意义。在我看来，发现罗纳德·哈迪的行踪之日，就是找到杀害朱利叶斯·特雷加森的凶手之时！”

“那女孩呢？”

“这个嘛，长官，*您*怎么看？”督察巧妙地反问，“我认为，可以说我们已经掌握了充分的证据，足够可以因涉嫌犯罪将她逮捕。但我觉得咱们还是先不要妄动为好。”

警司表示同意。

“还不错。你的假设或许是合理的，但也不是万无一失。如果出了差错，这个后果我们担不起。除此以外，只要女孩在博斯考恩是安全的，那么我们就总有一线希望能通过哈迪与她联系从而获知他的下落。这个很难说。高智商的罪犯往往会犯最明显、最低级的错误。你说那姑娘现下住在牧师公馆里？”

督察点头。

“那信呢？还是送到格雷灵斯吗？”

“很可能是。不过我能查出来。”

“去查一下。如果发现任何看上去可疑的文件，要记下来。邮戳可以帮助我们缩小搜查范围。要不遗巨细，比格斯韦尔。提醒你一句，他现在可能已经看过报纸，知道自己因为与谋杀案有牵连而被通缉。他的照片稍后将被刊登在今晚所有的晚报上。即便如此，他仍然有可能会铤而走险，通知女孩他的藏身之处。他会猜到她的担心。尤其是他俩昨晚没有按计划见上面。”

“那警察局长呢？”督察不安地问。

“哦，我会说服他的。”警司微笑，亲善地说道，“毕竟你的理论看起来还是站得住脚的。他否认不了这点。现在在我看来，这桩案子只不过是例行公事罢了——让伦敦警方把城区彻底搜查一遍——愿他们好运！比格斯韦尔，你的工作完成得很出色，值得自豪。”

督察离开警司办公室时的心情比进去时稍微轻松了几

分。他在最后一刻提出了自己的理论。那天晚上他若是没有在从博斯考恩回来的路上推演出这条调查思路，那毫无疑问，现在警察局长应该已经致电苏格兰场，安排几位专家前来查案了。

在警局外面，他打发走一直留着车在等他的格里梅特，然后沿着马斯顿街向左转，朝芬顿便捷车库走去。

督察走进车库，芬顿本人匆匆迎了上来，他穿着油腻腻的工作服，耳朵上夹着一根烟。芬顿和比格斯韦尔是老朋友了，鉴于汽车在罪案活动中的出现频率逐步升高，警方和车库主人便一直保持着紧密联系。一间装了一扇玻璃窗的小隔间是他的办公室，里面有张书桌，上面时常钉着一份“通缉”车辆的车牌清单。

“晚上好，督察。为了特雷加森案的那辆车来的，是吗？”芬顿用一种自认为官方机密的声音问道，“可以这么说，当我知道那家伙来过我们这儿的时候，我大吃一惊。这边请。”他低声补充道，“一切都没有乱动过。”

很明显，这位车库老板对自己能与这一攻占晚报头条的轰动事件产生关联而感到兴奋与激动。

他领着督察穿过一个由拆卸下的汽车、发动机零件、工具和空汽油罐所组成的迷宫，来到一扇拉门前，普通车间的后方是另一间略小一些的车库。里面只有几辆车——一辆线条流畅、高底盘的戴姆勒，一辆特洛伊货车，几辆迷你奥斯汀，在远处的角落里，停着一辆溅满泥浆、灰头土脸的莫里斯，引擎罩破旧不堪，引擎水箱也锈迹斑斑。

“形象有点不佳，是吧？”芬顿说，“我得说，它也曾经风光过。它是如何经受住这些的，真令我赞叹不已。它们就是开不坏。是我们没有好好保养，您知道。”

督察表示同意，可显而易见，他的注意力并没有放在芬顿的絮叨上。他那老练内行的视线在车身不住逡巡，头顶上只亮着一颗裸灯泡。引擎罩已经裂成两半，还翘在那里，顶端的凹槽里还汪着一小摊水。挡泥板和发动机罩侧板上溅满了泥点，车轮里也嵌满了干泥。很明显，那辆汽车在博斯考恩到格雷斯托克的路上疾速飞驰过。

督察有条不紊地仔细检查了口袋，检查了座位下面，检查了工具箱，甚至检查了坐垫，希望能找出一些线索来证实他最近阐述的理论。可一无所获。用这种方法在汽车的边边角角里找到的都是些杂物——地图、备用火花塞、抹布、旧手套、袖珍手电筒和几本汽车协会的小册子——但除此之外，没有任何东西能辅证他的那些观点。接着，他以同样的细致检查了汽车外部。但他仍然没有发现任何异常——甚至连那些执照也都合规有序。他结束检查，期间芬顿一直站在一旁，毕恭毕敬，一言不发。

“你怎么看，芬顿？”他问道，“粗心的家伙，嗯？”

芬顿凑近查看磨损的胎面，吹了一声口哨。

“爆胎了！我敢打赌，那个瞬间他肯定惊慌失措！这些老式的高压轮胎，前轮爆胎是非常可怕的。我不明白他用这样一个轮胎出行意义何在，督察，要是再爆一个胎，这车就一点用都没有了。他应该把它换掉的。”

“一点儿也不错。”督察说，“正如我所说——一个粗心大意的家伙。”他们朝主车库的门走去时，督察又加上一句，“能进你的办公室待一会儿吗，芬顿？我有一两个问题想问你。没什么要紧的，就是些常规的确认问题。可以吗？很好！那你带路吧。”

督察一边对芬顿取证，一边决定结束自己今天的工作。他对自己的调查进展十分满意。迷雾正在缓缓消散。不出几天就可以施行抓捕了。没错——正如警司所说——他有充分的理由来祝贺自己。去他的专家！

第十章

一声枪响

周三早晨，比格斯韦尔督察从卧室窗户往外看，发现整个小镇被笼罩在浓雾之中。天气潮湿阴冷，愁云惨雾，如此突变的天气很可能会成为当天调查的一个负面因素。

尽管如此，早早地吃过早餐后，他还是赶紧出发前往了总部，格里梅特已经奉令将车子准备就绪在那里等他了。关于前往博斯考恩的旅程，司机似乎有些迟疑，他试探性地建议他们或许可以等一会儿，看雾是否会变薄一些。可督察听不进去。警司对他的推论表示颇为欣赏后，现在他迫切地想要调查出一个明确的结论。他安排了9:30在格劳奇的办公室里会见穆里昂太太，他直觉认为她周一晚上很可能见到或听到过什么。她一定是在预估的案发时间前后一刻钟内经过的格雷灵斯。她是有可能听到枪声的。似乎可以肯定的是，如果她在案发时间之前就离开了托湾，那她就一定能听到枪声。在他看来，这位女士经过花园尽头的时候很难不注意到窗帘大开的窗内景象。如果她是在格劳奇到达现场后路过，也一定能猜到出了事。但到目前为止，她都还没站出来。这是怪事一桩。唯一的解释只可能是，截至目前，她还对特雷加森之死一无所知。

汽车缓缓驶过几近无人的街道，谨慎地驶上前往博斯考恩的路。到了高处，荒凉的沼泽地几乎没有雾气，得益于清晰通畅的路况，格里梅特把车加速到50公里每小时，朝目的地驶去。然而，在接近海岸时，能见度逐渐变差，汽车只能以蜗牛般的速度开着二档从最后一座山上驶下来。

格劳奇非常周到，已经站在外面迎接督察，而且他手电筒的光束让比格斯韦尔第一时间确定他们已经抵达了村子外围。格劳奇搭上车，在他的带领下，汽车终于停在了警员办公室外。

办公室里几乎没有什么家具，只有一张高桌和高凳，还有壁炉里的柴火噼里啪啦地烧得正旺。督察脱下斗篷，立即开始干正事。

“你昨晚和穆里昂太太安排好了吗，格劳奇？”

“是的，长官。”警员抬头瞥了一眼墙上那面素净的钟，“她说话就到。我想她应该有情况要向我们报告。非常真实的材料，长官。我使尽浑身解数才阻止她昨晚就说出来。不过我跟她也明说了，让她省省力气，因为今早她还得向您重复一遍。”

“如果真有什么要紧消息的话，”督察不耐烦地说，“那她昨天早上动身去波思之前为什么不先来这里呢？”

“她那会儿还没听说这则消息。她是昨天晚上到家才知道这桩凶案的，长官，她看起来很是不安。”

外面的石子路传来一阵嘎吱嘎吱的声响，接着是几声小心翼翼地敲门声。

督察朝里屋点了点头。

“你和格里梅特最好悄悄进去，把各家日报上关于这则案子的新闻都读一下，可能会发现一些你们之前不知道的信息！”

当下属们咧嘴笑着走进警员的会客厅时，督察打开外间的门，将助产士让进来。

“穆里昂夫人？”他问道。

“是的，长官。警员说您要见我，关于可怜的特雷加森先生的可怕遭遇。”

“很对，穆里昂太太。请进，在火炉边坐下吧。”

他抬身坐上了高凳。

“我想你也许对我们的调查能有所帮助，穆里昂太太。我从彭德里尔医生那里听说你周一夜晚前往托湾接生了。你是经由崖边小径回的博斯考恩，是吗？”

“是的，长官。这是两个海湾之间的近路，我启程回家的时间比原计划晚了许多。”

“你知道自己是什么时候离开——让我看一下——”他查阅了一下笔记本，“位于托湾的威瑟斯家的？”

“大约9:00左右，长官。”

“你对这个时间有多少把握？”

“前后误差不超过五分钟。我记得我在8:50的时候看过一眼钟，不久就告辞离开了，长官。”

“我猜你是直接沿着崖边小径回的吧？”

“是的，长官，以我最快的速度。当时暴风雨还在继续，周围一片漆黑，所以我必须格外小心。不仅如此，晚上早些时候从医生的车里出来时，我一只鞋的鞋跟还掉了。这让赶路变得难上加难。”

“你有手电筒吗？”

“就一盏提灯，长官。但我沿着悬崖走到托湾和特雷加森先生家之间时，风把蜡烛吹灭了。提灯是我离开他们家之前威瑟斯先生替我点的，我没有火柴。所幸，我走了大约10分钟后，最后一阵风暴过去了，月亮出来了。”

“当时你离格雷灵斯大约多远，穆里昂太太？你能看到房子吗？”

“能看见下方的窗户里透出一点光亮来，但除此之外也看不到什么，长官。”

“你认为，比方说，要是有人站在花园里，不会发现你吗？”

“是的，长官，我敢肯定他们发现不了。事实上，直到离花园只有一箭之遥的时候，我才发现了露丝小姐。”

“露丝·特雷加森小姐！”督察惊呼，“你有绝对把握吗？”

“很有把握。她站在花园尽头的崖边小径上，室内的光线直接照亮她的脸。”

“她看到你了吗？”

“没有，长官——她没有。在花园墙前的小路旁有一小丛金雀花，当我看清她手里的东西时，我惊讶万分，赶紧停下，退回了树丛的阴影里。”

“她手里的东西？”督察费了好大的劲才掩饰住自己的激动与得意，“你这话究竟是什么意思，穆里昂太太？”

“一把左轮手枪，长官。她把枪拿在手里正在翻看。”

督察的得意之情升腾得更高了。穆里昂夫人的证词，如果是准确的——没有理由去质疑她的陈述的真实性——那么它就完全契合他的理论。完全不出他所料。罗纳德·哈迪把左轮手枪弃置在崖边小径上，女孩过去把它捡起来。

“你说她手里拿着枪？你不会凑巧看到她把枪从小路上捡起来吧？”

“她可能是刚捡起来。”穆里昂夫人表示认可，“但我第一眼看到她时，枪就已经在她手里了。我跟你说，警长，”——督察莞尔——“当我看到那是什么东西时，我大吃一惊！”

“后来怎样呢，穆里昂夫人？”

“这个嘛，露丝小姐很快朝四下里看看，有点害怕的样子，然后跑着转过墙角，从侧门进了屋。”

督察点头。这些细节彼此之间吻合得严丝合缝。他心里越来越确信，是罗纳德·哈迪杀死了特雷加森，而露丝·特雷加森是他的帮凶。穆里昂夫人的证词看起来似乎最终排除了露丝·特雷加森的无罪假设。如果她是无辜的，那为什么不立即将她在崖边小径上发现左轮手枪的消息报告给我们呢？她一定已经意识到正是那把枪射出了致命的一弹，而她对此只字未提。当然，也可能是她认出了那是罗纳德·哈迪的手枪，尽管自己与这桩命案没有任何牵涉，但为了避免哈迪受到怀疑，她决定将武器藏起来。简直愚蠢，毫无疑问，同时也是危险的。但事实就是这样——恋爱中的女人总是空怀愚勇、不可理喻的生物，尽管根据督察的观察，某种受此激发的狡猾在她身上也并非全无踪迹。

考虑到案子在很大程度上依赖于助产士的证词，所以他觉得，有必要确认一下她有没有搞错。

"我必须提醒你，穆里昂太太，在这一点上要格外、格外严谨。"他故意一本正经地说，"你*当时*就十分确定那是左轮手枪吗？我想说的是——昨天晚上你从波思回来后才头回听说特雷加森先生站在起居室的窗前头部受到了枪击。周一晚上你目击了特雷加森小姐站在崖边小径上，手里拿着东西。现在我要你保证，那个东西*可能*是手枪的念头并不是在你得知特雷加森先生被谋杀*后*才冒出来的，就是产生念头的场合，你明白吗？"

穆里昂夫人的回答直接又坚决。

"不，长官。我立刻就知道那是支左轮手枪了，远远早于我得知发生在格雷灵斯的这场可怕悲剧之前。我可以发誓。"

"嗯，穆里昂夫人，"督察沉默片刻，继续说道，"您告诉我的信息至关重要。我必须请您对此保密。恐怕这就意味着您将会收到一张出席明天聆讯的正式传票。我很高兴，您决定站出来作证，我就不再打扰您了。"穆里昂夫人从火炉边的座位上站起来时，督察又补充道，"哦，还有一点。沿着悬崖从托湾回来时，您听到什么不寻常的声响了没？比如，左轮手枪的枪声？"

"没有，长官。我什么都没听到——除了雷声。只有在刚离开托湾之后，我的头顶响了一两声震耳欲聋的炸雷——其余就什么也没听到了。"

督察从高脚凳上下来，领着穆里昂夫人走出警员办公室。

他对此次会谈的结果格外满意。用必要的旁证来支持自己的理论，这比他最初料想的要容易得多。如果能将特雷加森中枪的时间确定下来，他的信心就更强了。但到目前为止似乎没人听到过枪声。他想，对此倒是有个说得通的解释。如果手枪是趁着一声巨雷响起的同时迅速连3枪的话，那么枪声很可能会被响雷声所掩盖。穆里昂夫人也说了，自己离开托湾后不久听到过几声炸雷。据他估计，大概就是其中一声雷鸣盖住了枪声。

他将格劳奇叫来，向他简单复述了一遍穆里昂太太的证词，同时也重复了一遍自己引以为豪的推论。警员对上司的机敏流露出了毫不掩饰的钦佩之情。

“只是有一处细节，长官。那些栏架。”

“它们怎么了？”

“如果把它们平放在泥地上，难道不会留下印子吗？咱们周一晚上没有发现那些痕迹，是吧，长官？”

“我也想到了这一点，格劳奇。但请记住——那些都是用柳条编的栏架，而且被搬动以后，雨下得特别大。不管怎么说，那些印痕都不会很深，而在我看来，大雨很快就会把它们打平。当哈迪走在上面时，重量就会分散开去，而非集中表现为脚印。不过，倒有一点，”督察思索片刻后接着说道，“那堆栏架最前面的3个或4个上可能会有泥黏在上面。关于这一点，我们有必要给自己一个满意的交代。当然，雨水可能会再次欺骗我们，不过我认为，咱们不妨现在悄悄去格雷灵斯确认一下。”

他叫来格里梅特，3人上车。雾更浓了，凭着极度小心以及分外耐心，他们才开上了博斯考恩外那座小山的蜿蜒山路，然后来到开阔的大路。将车停在格雷灵斯车道大门的路旁，格劳奇与督察步行下坡，穿过公共空地，朝悬崖走去。那堆栏架仍旧倚在花园的北墙上。

“是这些吧？”督察指着格劳奇用来做路障的栏架问道，“你是从最上面开始拿的吧，我猜？”

“没错，长官。拿了前两个。”

督察非常仔细地查看了那些条编栏架的表面，然后回到那一小堆中逐个检查。他对自己的检查结果感到失望。不仅条编栏架上没有泥土的痕迹，墙角的泥地上也没有任何印记。他意识到，就这一特定的情况而言，没有直接证据能够支持他的理论。

然而，他沿着崖边小径走到了露丝·特雷加森停下脚步朝起居室窗户望去的地方，蹲下身子，将他猜想的罗纳德·哈迪从墙上扔下手枪的区域周围细致地探查了一遍。这一次，他满意地哼了一声，将警员的注意力吸引到软泥地上，在露丝·特雷加森的脚印旁，有一个奇怪的凹痕，万幸，它没有被雨水冲掉。

“好吧，格劳奇，你怎么看？”

“我说不准，长官。看起来好像是什么重物掉在那里过。这是一个大概的轮廓。”

督察表示同意。

“如果你问我的话，这是个左轮手枪的轮廓！看——这是枪托的线条。毫无疑问。这看起来像是弹匣的棱纹。我怀疑枪管可能不会留下多深的痕迹，因为韦伯利左轮手枪的转轮凸出枪管很多。”

他拿出一把袖珍的软钢尺，量了量印痕的宽度和广度，将测量数据记上了笔记本。稍后要证实他对这些印痕的怀疑还是易如反掌的。如果他的测量结果与韦伯利左轮手枪的大小一致，那么他就有理由假设是罗纳德·哈迪不小心将左轮手枪滑落，而露丝（后来被穆里昂太太看见了）将它捡了起来。他对自己之前没有发现这个明显的线索而感到恼火。当然，在周一晚上，他也不会想要在路上找一个左轮手枪的印记，因为彼时他的推断尚未成形。当你带着目标去找一样东西的时候就很容易能找到，反之则不然。不过，这总归是一个应该批评的疏忽。他浪费了许多宝贵的时间去追查错误的解释。

在他们回车里的路上，一个高大笨拙的身影突然从雾中显现，身后还跟着一条狗。一看见警员他立刻喊了一声，急忙迎上前去。

“我一直在找您，格劳奇先生。”他说，“关于周一晚上，我想我有那么一两件事可以向您报告。”

“那好。”格劳奇说，“这位是格雷斯托克来的比格斯韦尔督察。这是贝德卢森先生，长官。他在这里的公共草地上放羊。”

两个人握了握手。

“你有事情想报告，是吗，贝德卢森先生？”督察问。

“哎——就是这样，长官。我要说的也许不值得您听。但另一方面……”

“或许还是有价值的。”督察急忙插嘴说，“如果你能抽出一点时间，我们现在就去警员的办公室。在这儿谈话有点冷，不是吗？”

3个人爬上车，格里梅特开车送他们回村子。再次回到令人愉悦却也空空如也的小办公室里，督察开始盘问新出现的证人。

“我猜你是牧羊人吧，贝德卢森先生？”

“正是，长官。我在悬崖边放羊。”

“特雷加森先生丧命的那天晚上你就在他家附近？”

“哎——我在教堂草坪上。最近产羔季到了，我经常需要在晚上去转一圈，看看是否一切顺利。周一晚上，我在教堂旁边的羊圈里照顾几只母羊。您知道，那晚很潮湿，长官。所以当有个人突然从黑暗中走过来找我借火时，我非常惊讶。起初我没认出那人来，但当他把火柴举向烟斗时，我看清了那人是内德·索尔特。”牧羊人笑了起来，“我敢说，关于内德，格劳奇先生大概有话要说，对吧？”

“最新的情况督察都掌握了，”格劳奇说道，“我们不需要了解他的生活经历吧，长官？”

比格斯韦尔摇头。

“你最开始看见索尔特时是几点？”

“8:45之后。我刚好就在教堂的钟下干活。这很神奇，长官——每过一刻钟都鸣钟提示。这是格雷诺夫人的一位先辈赞助给教区的。”

“我明白了。继续。”

“好吧，长官，我之所以像这样站出来，原因之一是昨天晚上我在‘舟船’听到的一则传言。不少乡民都认为内德在某种程度上参与了特雷加森先生的命案。他被人目击到在特雷加森丧命的几个小时前与受害者在格雷灵斯的车道上激烈争吵。内德自己后来也进了酒吧，许多人都开始问他星期一晚上在干什么。然后嘛，内德故态复萌，闹了好一阵，大家才让他平静下来。他始终发誓，说自己不知道特雷加森先生是怎么被谋杀的。接着我就突然想起，督察，我最好还是站出来证明一下内德的清白。正如我昨晚在‘舟船’对他们说的那样，假如特雷加森先生是在8:45之前被杀的，那好——内德可能有份；如果不是，那内德就是无辜的，因为他从8:45～9:45都没有离开我的视线。不仅如此，长官，我们听到枪声的时候内德·索尔特就在我身边。”

“枪声！”督察惊呼，“你听到了开枪声？”

“嗯，就在内德来教堂草坪找我大约一分钟后，我们就听到了一声枪响。”

“你确定只有一枪吗？”

“是的——肯定。”

“奇怪。”督察沉吟，“我猜你应该知道，凶手一共朝特雷加森先生开了三枪吧？”

“我也是这么听说的，长官。我自己没想明白。但我们只听到了一声枪响。我发誓。内德也可以。”

“枪声大概是从哪个方向来的——格雷灵斯的方向吗？”

“这个嘛，我不太能肯定，督察。你也知道，那天晚上风很大，风里总有些奇奇怪怪的声音。应该是那个方向，但依我看偏房子的左侧一点，离村子更近一些。”

“那时间呢？”

“8:50左右。听到枪声时，内德大概才跟我一块儿待了一两分钟。”

“你当时没起任何疑心吧，我猜？”牧羊人摇头。“你说内德·索尔特大约一直到9:45都跟你在一起，你们听到枪声后都做了什么？”

“内德帮我搭了几道栅栏，又把几只母羊弄到能遮风避雨的地方，然后我们走到大路上，打算赶在打烊前去‘舟船’。当时是9:00。我们刚走到路上，钟就报时了。道路很是泥泞潮湿，走起来慢吞吞的。在距离格雷灵斯大门约100米的地方，我们听到一辆汽车朝我们开来。我们退到路边，看到那辆车开得很快。但就在它经过我们身边时，我刚好有时间看清是谁在开车。”他转向格劳奇，“这里的那个作家——哈迪。我猜他是超速了，警官。”

“这个地方你说错了。”格劳奇纠正道，“没有限速一说了，已经废除了。你都不看报纸。”

督察用一个简短的问题打断了接下来的玩笑。

“你确定是哈迪先生吗？”

“是哎。我也认得他的车。全博斯考恩找不出第二辆那样的车。再者，内德也认出了他。他疾驰而过时，我举起了提灯，灯光照在他脸上。车篷没有拉上，他也没有戴帽子。哦，那是哈迪先生，绝对！”

可比格斯韦尔督察仍然对贝德卢森的断言将信将疑。一个伸手不见五指的夜晚，一辆疾驰而过的没有合顶篷的汽车，前灯还很刺眼——奇怪的是，他却对司机的身份十分笃定。

“那汽车的前灯呢？”他问道，“汽车从你身边驶过的瞬间灯光一定很刺眼吧？”

“是这样。”威利·贝德卢森若有所思地说，“没有灯！他车开得都快飞起来了，但哪怕是一丁点引路的微光都没有。”他转向警员，“你接下来要告诉我前灯也被废除了，是吗？”

“没开前灯！”比格斯韦尔惊呼，“太奇怪了，也危险。他到底怎么看清路的呢？”

“9:00过后有一点微弱的月光，长官。”格劳奇插话，“足以看清更亮一些的路面与两旁的公共空地。”

“可为什么不开前灯呢？”

“看来是他不想被人看见。”格劳奇提议，“远处的人听不见他的引擎声但有可能会看到车灯。他似乎不想那样，是吗？”

“这是唯一说得通的解释了。”督察表示赞同，他转向牧羊人，“你还有什么想告诉我们的吗，贝德卢森先生？”

“没了，长官。我只是突然想到，您也许会想知道内德·索尔特从8:45起就跟我在一起而且我们刚过9:00就在路上见到了哈迪先生的事。”

“没错。你告诉我们的情况举足轻重。我想我们可以有把握地说内德·索尔特完全没有嫌疑。我们知道，8:45

的时候考珀看到特雷加森先生还活着。而内德·索尔特一两分钟后就见了你。除非我全算错了，否则我想没有人可以在5分钟内就从崖边小径跑到教堂。凶手还必须花至少一分钟的时间将特雷加森先生吸引到窗边。而且那一路都是上坡路。即使是一个训练有素的运动员也很难在这段时间内跑完这段距离，更别提还路滑天黑了。所以不可能。谢谢你，贝德鲁森先生，我想内德·索尔特已经有了充分的不在场证明。他现身找你借火的时候没有上气不接下气吧？”

“一点也没有，长官。”

督察伸出手。

“那好，我们不必再耽搁你了。你主动站出来是明智的，贝德卢森先生。再见。”

牧羊人与督察握过手后，对格劳奇点点头，便出门走进了雾中，身后跟着他那条狗。他们听见他笨重的靴子在沙砾路上走得嘎吱嘎吱响，慢慢地消失了。

小屋里安静了很长一段时间。

接着就是：“好吧，该死！”比格斯韦尔督察叫道，“我们现在到底何去何从，格劳奇？为什么只有一声枪声？当然，假设哈迪*确实*谋杀了特雷加森，那他到底是怎么做到8:45离开湾舍，从车库里取车，一路开到格雷灵斯的上方，往下跑到悬崖边，穿过栏架，爬墙，把目标吸引到窗边，杀了他，再原路返回启动汽车，在9:00刚过的时候经过索尔特和贝德卢森身边的？你认为这可能吗，格劳奇？”

格劳奇对这个问题考虑了一会儿。

“这是有可能做到的，”他终于开腔，“仅仅是理论上。”

“只有一个办法可以确定。”

“什么呢，长官？”

“我们必须亲自试验一下时间，格劳奇。等雾一散，我就叫格里梅特把车开进哈迪的车库，看看我完成这套行动要多久。请注意，这样做我们也只是能大概确定——而非绝对确定——即便真是这样，我们也解释不了那神秘的一声枪响！”

第十一章

尸体上的失窃案

凑巧的是，就在格里梅特和督察在“舟船”那间冷清的客厅里吃午饭时，雾气开始上升。一阵微风吹来，不到一个小时，空气就变得清新，阳光明媚。督察担心浓雾会再次降临，便立即命令格里梅特开车将他送到湾舍。他在那里向皮维特太太解释说想借哈迪先生的车库用一会儿。发现车库门开着，他便将格里梅特叫回车里并熄灭了引擎。从皮维特太太处他确定了一件事，那就是哈迪通常会给车库的大门上锁。他将车库钥匙与其他钥匙一起收在写字台的一个抽屉里。因此，督察决定从起居室出发，并且给自己预留必要的时间来打开车库门上的挂锁。

格里梅特拿出他的手表。刚好2:10。督察相当利索地从小屋走到毗连的由木棚改建而成的车库。接着他开始解大门上的锁，开锁，然后爬进车。格里梅特手里拿着表，也飞快地跳进车，在他旁边的座位上坐下。督察按下自动启动器，几次失败之后，发动机终于发出了轰鸣声。汽车冲上小山，离开海湾开始爬坡。在主路分叉的山顶上，比格斯韦尔将车调到最高档，开始加速。车子越开越快，在空无一人的道路上一路轰鸣，两侧的空地并无树篱遮挡。车速表的指针爬过了“40”。不出一分钟，格雷灵斯进入了视野。

督察先前估计哈迪会把车开到牧师公馆大约400米外的地方停下。他并不想让别人看见他的车并指指点点。考虑到时间已晚，还有恶劣的天气，很可能并不会有人经过这条大路；而另一方面，如果他停得太靠近格雷灵斯的入口，或许会有人从牧师公馆的窗户里注意到那辆车。再者，牧师公馆里的人在后来被问到时可能会回忆起自己听到一辆车就在大门外停下，稍后又开走了。在一间与世隔绝的房子里，人们确实会注意到这种事情。

因此，在距离格雷灵斯车道外大约400米的地方，督察将车停在路边，关掉引擎，然后跳下了车。当他朝对角方向冲下荒地来到花园墙边时，格里梅特在他身后喊道：“5分15秒，长官！”督察想省口气，于是挥了挥手以示知悉。他以可观的速度跑完这段距离，走到想象中搭设了最后一个栏架的地方，他开始做解靴子鞋带的动作。大步跨过中间那段泥泞的地面后他爬上墙，小心翼翼地走到墙中段。预留了一段差不多的时间，他想象自己将石子扔向窗玻璃吸引特雷加森的注意，开枪，3枪。如他假设的那样，左轮手枪掉在地上。稍做犹豫——然后开始原路返回。

他回到栏架的尽头，假装穿上靴子，粗粗地系好鞋带。他的心怦怦直跳，握紧拳头，小跑着爬上陡峭的山坡，向正在焦急等待的格里梅特奔去。他穿过马路，跌跌撞撞，气喘吁吁，钻进汽车重新发动了引擎。汽车向前一冲。

根据格劳奇的估计，他对内德·索尔特和贝德卢森遇见那辆车的地点已经相当成竹在胸。贝德卢森提到他们离格雷灵斯的入口大约100米。这个地点，根据格劳奇的说法，堆了一堆用来修路的石子。因此，当汽车冲过这一标志时，督察喊道："就现在！"然后猛踩刹车。

格里梅特记下时间。刚好是2:29。

"这就是说，"督察速算了一下，说道，"我只花了19分钟。所以如果贝德卢森大约在9:04看到了那辆车，哈迪是有可能按时完成行动的。你认为1928年的四缸莫里斯能达到我们车的表现吗，格里梅特？"

格里梅特稍加思索。

"有可能的，长官。"他承认道，"当然，这在很大程度上取决于发动机的实际情况。但只要它没有被损耗得太厉害，而司机又知道如何能把车开出最好的状态，我想他的时间不会比我们差多少。”

督察哼了一声，与格里梅特交换过位置，令其开车回村里，然后他开始分析起自己试验的可靠性。当然，整个过程是很粗陋的——没有可以完全确定的时间节点。比如，没有确切的证据表明哈迪在跨过栏架和爬上墙之前脱掉了靴子。考虑到他从湾舍中出来时的极度匆忙，他可能一直都穿着拖鞋。而鞋子，相比靴子而言也会节省很多解鞋带、脱鞋的时间。然后，还有——车库的大门——那一晚可能就没有上锁。特雷加森来到窗边的时间也可能比督察预估的来得短。诸如此类的因素将大大缩短时间，而与此同时，难以发动引擎、遗失的火花塞、月黑风高等等，也将大大延长时间。这番试验他究竟得到了什么？只有这一点：如果哈迪从离开湾舍直到他在路上经过索尔特和贝德卢森时没有遭遇意外的不幸，那么他就完全有可能是犯下凶案的凶手。

在某种程度上来说，这是一个消极的结果，并没有让他在真正解开这个谜团的道路上走得更远，只是支持了他在警司办公室中提出的理论的可能性。

但那一声枪响仍然使他迷惑不解。明明是开了3枪。根据贝德卢森的说法，大约在8:50听到了一声枪响。可根据刚才的试验，周一晚上8:50的时候，哈迪可能刚在路边停车，距离格雷灵斯的门大约还有四五百米。那么究竟是什么原因使他还没下车就鸣枪了呢？是意外吗？会不会是他一只手在检查手枪，另一只手在开车，左轮手枪却意外地走火了？他回忆起贝德鲁森关于枪声似乎是从房子左边传来的表述。这与推论相符。否则，唯一可能的解释就是，那一枪与特雷加森的死毫无关联。在这种情况下，那只是一个偶然因素，尽管令人困惑。但是贝德卢森和索尔特都确信只有一枪，难道有谁会在暴风雨中拿出枪来猎兔吗？如果索尔特没有和牧羊人在一起，那有可能是他在用一把锯短了的猎枪射击——但偷猎者通常会有别的降低噪音的法子，再说，内德*当时*和贝德卢森在一起。

会是露丝·特雷加森发出的表示一切就绪、岸边无人的信号吗？皮维特夫人虽然拿不准时间，但她确信那姑娘是在8:50的时候到她家的。而这正是枪声被听到的确切时间。因此，这个理论似乎站不住脚。不仅如此，以这种形式放信号显然与哈迪和那姑娘策划出的冷静且深思熟虑的计策并不相符。

那么，如何解释那一枪呢？督察无能为力。他放弃了尝试。这就像一个恼人的小斑点一样漂浮在他脑海中。

抵达警员办公室后，他拨通了格雷斯托克的电话。可警司没有要通报的事项。到目前为止，苏格兰场还没有追踪到失踪之人的下落。没有人站出来提供任何情报。

比格斯韦尔督察低声咒骂了一句。在他看来，在罗纳德·哈迪浮出水面之前，想要进一步推进自己的调查进度，他能做的少之又少。一旦抓住那个失踪的人，对他展开详尽的盘问，他坚信谜题最后的部分自然会迎刃而解。面对目前已经搜集到的证据，那家伙根本无言以对。他可能会否认那女孩是同谋。这可以理解——甚至勇气可嘉，但从表面上看，他自身是抵赖无望的。他还是和盘托出比较好，让法律完成自己分内且公正不阿的使命。他为那女孩感到惋惜。她受他的影响太大了。但这就是事实。谋杀就是谋杀。他不必去剖析那些古怪费解的推理过程。他该做的就是仅凭事实找到真相。

比格斯韦尔督察被电话铃声打断了沉思。他走到警员的办公桌前拿起听筒。他听出了多德牧师那沉静和蔼的声音。牧师猜想督察可能在警员的办公室里，此番他代表的是特雷加森小姐。恳请督察允许牧师到格雷灵斯去一趟。事关财务问题。特雷加森小姐要给考珀夫妇发工资，还有一些通常由她叔叔支付的日常开销。事实上，她的叔叔24日早晨已经前往格雷斯托克兑了一张40英镑的支票。由于案发后她没有清点叔叔身上的财物，所以眼下她还没有钱。督察是否反对牧师立刻前往格雷灵斯拿一下钱？是的——是纸币。特雷加森每月都会将支票兑成纸币。

“多德先生，你确定特雷加森先生中弹的时候钱在他身上？”督察问。

“特雷加森小姐说是这样，”牧师予以肯定，“您何出此问？”

“因为我亲自翻查过特雷加森的口袋，只发现了少量零钱。仅此而已，多德先生。”

牧师的声音变得有些激动。

“但肯定……我的意思是，根据特雷加森小姐的说法……”他突然打住，用更大的嗓门补充道，“您看，督察，您不认为……”

“目前我还不知道该怎样认为。”督察打断道，“我现在就去格雷灵斯。如果你愿意的话，我们在那儿碰面。我们再把他的个人物品清点一遍。”

他挂断电话，系紧斗篷，大步朝门口走去。就在他要上车的时候，格劳奇走上来，后头跟着一个瘦削单薄的人，他长相神似雪貂，贼眉鼠眼的，双眼布满血丝。警员行了个礼。

“怎么？”督察不耐烦地问道。

“内德·索尔特，长官。他想作证。”

“我猜是为了佐证贝德卢森的证词吧？我现在没空处理此事，格劳奇。你自己把供词记录下来，让证人签字。我过会儿就回来。”

“没问题，长官。”

汽车一声轰鸣爬上了小山，格劳奇领着那个带着几分懊悔神色的偷猎者进了小办公室。

督察忧虑重重。关于钱的这桩事令人费解。他非常确定，周一晚上当他翻遍死者的口袋时，除了少量的银币铜币，并没有别的钱。此外，牧师还在周二早晨搜检过起居室里的那张书桌，显然，他在那里也没有发现现金。那么，钱难道不翼而飞了吗？有没有可能特雷加森在格雷斯托克离开银行后就把整整40英镑花光了呢？这个假设似乎可能性不大。根据牧师在电话里的解释，这笔钱是特雷加森预留的月钱，用来支付薪水和日常家用的。他似乎不可能在一天之内就把这笔钱一口气花光。督察叹了口气。看起来似乎又出现了新的复杂情况——偷窃。可是，特雷加森真的不是因为口袋里的40英镑才被谋杀的吧？没有迹象表明在凶案发生后有人进入过起居室从死者的钱包里偷了钱。钱包还在那里。他记起来了。一个普通的软皮钱包，里面装着几张名片——他自己的和别人的；几张格雷斯托克慈善音乐会的门票；一张新的枪支许可证，但没有银行或是国库券的票据。况且，如果真像他怀疑的那样，罗纳德·哈迪就是他们要找的那个人，他怎么会为了区区40英镑就拿生命冒险呢？哈迪这种水平的人是不会为了钱而杀人的——至少不会为了这点微不足道的金额。一定是哪里出了问题。可究竟是哪里？

“去他的！”督察想，“这岂不是要从头推翻我那无懈可击的小推论？我们可不想让专家们——上帝保佑他们！——到了这时候来横插一杠子。”

因此，比格斯韦尔督察带着既恼怒又困惑的复杂心情与牧师在格雷灵斯的车道上碰了头，领着他进了起居室。正当值的那位魁梧警员被问到后断言，自从他当值以来，没人进过起居室。落地窗和门的钥匙都没离过他的口袋。什么都没有被动过。

星期一晚上，督察将从死者身上发现的各种物品锁在了一个带有特雷加森姓名首字母的小手提箱里。从星期一晚上开始，钥匙就由他亲自保管着。

他立刻打开箱子，挑选出唯一可能藏有钱财的小笔记本和钱包，仔细地翻找了起来。没有钱的踪迹！

“但这也太不可思议了！”一直焦急关注着督察举动的牧师惊叫道，“露丝发誓说她叔叔星期一早上从银行取了钱。他是为了这事特地去格雷斯托克的。”

“嗯，可现在不在这儿。”督察直截了当地说，“你知道特雷加森在哪家银行存钱吗？”

“伦敦城镇银行。我自己也在那里存钱，不止一次见过特雷加森。”

“那很容易就能查明他是不是像特雷加森小姐所认为的那样兑了支票。但要弄清楚这些钱在他离开银行后怎样了可能反而是件更棘手的事。比如周一晚餐的时候，特雷加森小姐知道这些钱在他叔叔身上吗？”

“我真的说不上来。”牧师说，“我觉得自己没有立场问她任何问题。但如果您在意……”

督察点点头。

“我认为这是可行的，多德先生。这与案件主体可能有关系也可能没关系，但不论怎么说，此事必须展开调查。”

嘱咐警员重新把门锁上并将钥匙收进口袋后，两人又爬进了车，朝牧师公馆驶去。

露丝正在客厅与埃塞尔·多德一块儿吃下午茶。听说比格斯韦尔督察想在书房里见她，她稍有犹豫，面色苍白了少许，显然对这个突如其来的要求感到不安。但她意识到这次会面左右逃不过，于是穿过大厅，走进书房，牧师紧随其后。

督察行了个礼。

“抱歉又打扰你了，特雷加森小姐。”他盯住那姑娘说道，“但我是为了……”

他故意欲言又止。

“什么？”露丝急不可耐地问。

“我是为了你叔叔周一早上从银行取的那笔钱来的。”

她明显松了一口气——这一点没有逃出督察的眼睛。

她是不是以为，或许，他有别的更不愉快的消息要传达？或许是宣布罗纳德·哈迪已被缉拿归案，并在审讯的压力下对罪行供认不讳？

“嗯，怎么了呢，督察？”

“很简单，特雷加森小姐，我们搜检了你叔叔身上的所有物品，但钱并不在里面。”

“不在里面？可周一晚餐的时候钱就在他身上啊。我记得我向他要了几英镑家用，他掏出钱包递给了我两张钞票。”

“又把钱包放回了口袋里？”

“他胸前的暗袋里。没错。”

“你认为40镑那会儿全在他手里吗，特雷加森小姐？”

“哦，我敢肯定。30镑是面值五英镑的钞票，其余的10镑是一英镑纸币。他把钱全拿出来放在桌上，大致数了一遍，然后给了我两英镑。”

“你能解释当天晚上后来没在他身上找到钱的原因吗？”

露丝摇头。她似乎确实感到迷惑不解。

“我一点也想不明白，督察。他唯一可能放钱的地方就是他的现金箱。可是多德先生，您也知道的，昨天早上检查过我叔叔的桌子。现金箱一般不上锁，因为我叔叔认为只要把桌子锁好就足够安全了。事实上，真正的原因是现金箱上的锁坏了。”

“你在那个盒子里什么也没发现是吗，多德先生？”督察把脸转向牧师问道。

“空空如也。”

比格斯韦尔思量了一会儿，似乎在寻找新的发问路线，然后他轻快地说：“特雷加森小姐，如果我对你所说的关于你叔叔周一上午的行踪展开核查，你不会反对吧？”

露丝看上去很惊讶。她的脸一下子因为愤怒而涨得通红。

“您不相信我说的话？”

“不，不是那样的。我只是想确认一下金额无误。”

“很好。”露丝冷冷地说，“如果您想这样，我立马就去打听。我碰巧认识当地的银行经理波特先生。他住在银行附属的房子里。所以如果您愿意的话，督察，我现在就给他打电话，把您想知道的事问清楚。”

“我很感激。”督察彬彬有礼地说，丝毫没有被那姑娘毫不掩饰的粗暴态度所激怒。

他觉得这个40英镑的故事很有可能是露丝编的，目的是使个障眼法，让他迷失方向。如果露丝猜到自己对哈迪有所怀疑，她可能会捏造出这个故事，在作案动机的问题上迷惑他。他不能大意。

然而10分钟后，他再无怀疑，知道了那个女孩说的全是实话。特雷加森兑了一张40英镑的支票。波特先生亲自参与了这桩业务。是他将6张英格兰银行的五英镑纸币和10张一英镑的纸币交给特雷加森先生的。他有那几张英格兰银行钞票的编码吗？当然，他都有，如果督察要的话——督察当然需要，于是他当场就将那些数字记在了笔记本上。然后，他再次为打断了特雷加森小姐的下午茶而道歉，接着便回到格雷灵斯。

处理这个新浮现的谜团的下一步是盘问考珀夫妇。在谋杀发生后到露丝·特雷加森发现叔叔的尸体之前，只有他们能进入起居室。他已经排除了露丝自己从叔叔的钱包里拿走现金的可能性，这过于荒谬和异想天开了。那姑娘是真的被这出悲剧吓坏了，况且，无论如何，她都没有足够的时间把钱包从特雷加森的口袋里抽出来，取出钞票，放回钱包，再把钞票藏在自己身上。根据考珀夫妇的证词，她一进屋发现叔叔中枪了就大声将他们喊了过来。这下就只剩考珀夫妇了。

假设考珀夫妇听到了枪声，他们听到了特雷加森倒地后再无声响，考珀到起居室去一探究竟，发现他的主人已经死了，于是就偷了钱，关上门，然后装作对已经发生的悲剧一无所知。这是一个合理的解释。这样他就有时间把纸币藏到一个秘密的地方。或者也有可能，他进屋的时候并不知道特雷加森已经中弹身亡。他可能会为了完成任何一项日常工作而进屋。剩下的就只是抓住机会，偷钱的梁上君子极有可能与凶杀也有关联。

因此，当督察再次走进那所阴沉的灰色石屋时，他打算立刻沿着这些线索展开调查，试着解开与更为复杂的凶案主体缠绕在一起的这团乱麻。

第十二章

打开的窗户

当督察再次来到格雷灵斯时，他发现考珀太太正在厨房里清洗茶具。警员在灶前跷着脚，制服上衣的扣子解着，正抽烟斗抽得不亦乐乎。一看见自己的上司站在门口，他一下子蹦起来，匆匆扣上制服的扣子。不过督察挥手示意他坐回温莎扶手椅上。

“没关系，芬纳。我不是来找你的。你可以把烟斗抽完。”他转向考珀太太，“你丈夫在什么地方，考珀太太？”

管家朝另一扇通向一间大洗涤室的门扬了扬头。

“他在那边，长官。在柴棚里锯木头。在花园里没什么事可做时，他发现这对他的肝脏有好处。也能让他不去胡闹。”

督察温和地笑了。

“不胡闹？”

“是的，长官。赛马。他总是溜去研究那套所谓的‘表格’之类的东西。要不是我严格控制他的工资，我们就会比现在穷得多。这足以说明问题！”

比格斯韦尔表现出感兴趣的样子。

“你的意思是他喜欢‘小来来’——是这样吗？”

“没错——而且如果让他放开玩的话就远不止‘小来来’了。考珀总是认为赛马的钱来得容易。这确实是快钱，长官……但那是对赌场经纪而言。”

督察十分赞同。他立刻从她的神情中意识到，这对她而言已是老生常谈了。很明显，丈夫沉迷赌博是她的心头之患。她主动提供的考珀先生的这项爱好对稍后构建推论可能会是一则有用的信息。

“不知您能否抽出一点时间来，考珀夫人。”他继续说，“也许我们可以到餐厅里去。”

考珀夫人对这个突如其来的要求显得有些担心与无措，她跟着督察穿过大厅。她不安地暗忖，是不是自己搬嘴弄舌暴露了丈夫的弱点。她并不清楚法律对下注赛马是个什么态度。因此，当督察没有再提她的丈夫，而是又问起她自己在凶案当晚的行踪后，她大大地松了一口气。

“现在我想让你试着回忆一下，考珀太太，特雷加森先生吃完晚饭后你都具体做了些什么。根据你之前的证词，你在8:45的时候给他送了咖啡。现在，请回忆一下，在那之前你都做了些什么？”

考珀夫人考虑了一阵，似乎想在呈报督察前先把自己的回忆梳理一遍。

她都做了些什么呢？她和考珀先生收拾好餐桌，把脏碗碟拿到管家的餐具室。是的，他们都在餐具室里洗碗碟。在她丈夫开始往小车上垒柴火的时候，她煮好咖啡给特雷加森先生送了进去。在离开起居室之前，她拉上了落地窗的窗帘。然后她与考珀商量好，让他在柴火送好之后就去洗碗，而她打算把脏了的亚麻桌布整理一下。洗衣车总是在周二早上很早就来。接着她就去楼上做这事了，在特雷加森小姐急匆匆地从侧门进屋的前几分钟才回到厨房。

“这么说你在楼上待了大约25分钟？”

“差不多，长官。”

“在这段时间里，你丈夫在哪里？”

“据我所知，应该在管家的餐具室里。特雷加森小姐大声叫我们的时候，考珀的碗还没洗完。我记得自己从厨房里冲出来的时候见到他是同时从餐具室出来的。”

“当时木头已经搬到客厅里去了吗？”

“哦，他已经搬进去了。我想是早些时候吧。他总是把小车停在壁炉的栅栏旁边。事实上，督察，鉴于没人动过房里的东西，我想它现在应该还在那里。"

"没错。"督察表示同意，"我自己也注意到了。好吧，这就是我想问的，考珀夫人。现在你可以请你丈夫到我这儿来了。"

考珀夫人离开以后，督察迅速回顾了一下管家的证词。他比任何时候都更倾向于认为，考珀与那40英镑——或者确切地说是特雷加森钱包里剩下的38英镑——的消失有关。他一个人在管家餐具室里待了将近半个小时，不过他完全有理由可以去一楼任何他想去的房间，同时又不让妻子看见。在考珀向格劳奇提供的证词中，他是在8:45左右进起居室的。也就是说，那是在考珀夫人送过咖啡后的几分钟内。可他真是那时进的房间吗？关于这个时间他可能做了伪证，为了看起来他是在特雷加森还活着的时候进的房间。他知道自己的妻子是在8:45送的咖啡，他意识到如果自己声称在大约一分钟之后见过特雷加森，那么凶手是没有足够的时间将特雷加森引诱到窗边并作案的。格劳奇自然会，就像比格斯韦尔假设的那样，认为考珀是最后一个看见特雷加森活着的人。但如果情况不是这样呢？如果考珀夫人才是最后一个看到特雷加森活着的人呢？如果考珀没有立刻送柴火，而是事后才想起它们呢？那么凶手就有充足的作案时间了。考珀可能是进去后发现特雷加森已经身亡，便偷了钱回到管家餐具室。没有人能够驳斥他对自己行踪的描述。显然，他是惯赌之人。他可能已经落入赌场经纪的掌控之中。他发现自己陷入了绝境——也许是害怕一旦事情暴露就会丢掉工作——一见到还清债务的机会，便瞬间壮起胆子，抓住了这个机会。

正想着，督察所有的进一步推测都被此人的进门打断了。比格斯韦尔被他的样子惊呆了。毫无疑问，自谋杀当晚以来，考珀变得相当地不修边幅。他的衣服又脏又乱，没有戴领圈，衬衫的边上满是污垢油污。他的眼圈乌黑，像是几天没睡一般，双眼充血，眼神躲闪。脸色也是苍白中透着青黄。整个人周身散发着浓郁的威士忌气味。

“随他去吧。”督察心想，“从他的样子来看，似乎心有所扰，才转向酒瓶寻求那点酒后之勇！”

而此人对待督察的态度也粗暴且带着极强的戒备，直到比格斯韦尔的说话态度变得强硬，他才流露出要开口的意思。他把周一晚上的故事又重复了一遍，只是补充了在8:45将柴火送进去以后就退回管家餐具室继续洗晚餐的那些碗碟这一细节。他一直待在那里，直到特雷加森小姐大声喊他让他赶紧到起居室去。

“你是在你妻子上楼料理要送洗衣房的东西以后，”督察问，“才把木头送进去的？”

“就前后脚的工夫。”考珀言简意赅。

“那这个管家的餐具室——在哪儿？”

“在客厅那边——大厅另一侧的顶头。”

“厨房对面？”

“就是。”

“我想看一下那个房间。”督察又简短地补充道，“就现在！”

考珀穿着一双脏兮兮的毛毡拖鞋，啪嗒啪嗒地穿过大厅，打开了餐具室的门。督察暗自吃了一惊，发现这间屋子就在起居室的隔壁。考珀与特雷加森丧命的那间屋子只有一墙之隔。

餐具室不很大。靠墙一面是洗碗槽和排水管，一个带玻璃门和架子的大碗橱占据了整面隔开这间屋子与起居室的墙。门对面的墙上有一扇小窗户，离地面大约一米二高。窗下有一张橡木长凳。

“那扇窗户，”比格斯韦尔说，“朝向哪儿？”

“花园。”考珀答道，对督察的好奇表示出明显的不满。

“这就是说，它和起居室的落地窗在一条线上，是吗？”考珀点头。“你周一晚上待在这儿的时候窗户是开着还是关着？”

“关着。”考珀马上回答，“在这破屋子里，即使关着窗，风也够大的。”

“但我看它确实经常打开。”

“哦，有时候会开。”考珀不耐烦地顺着说道，“但圣诞节之后就不会再开了。你可以相信我的话。”

督察走到窗前仔细查看。他正要伸手开锁，这时他想了一下，突然转向考珀，后者正暗中关注着督察的一举一动。

“听着，考珀——这桩案子里有一件事让我感到困惑。你声称从8:45一直到特雷加森小姐发现她叔叔身亡之前都一直待在这个房间里。窗外，就是花园，花园的尽头是崖边小径。这面墙的另一边是起居室。特雷加森先生被某人从崖边小径上开了三枪中弹身亡。其中一枪是致命的。而在墙的另一侧，距离我们现在站的地方也就3米多，特雷加森先生——注意了，他是一位体格魁梧的男子——头部中弹，倒地身亡。周一晚上你向警员作了证，当你被问到在8:45 ～ 9:17之间是否听到了任何不寻常的声音时，你的回答是没有。你还坚持这个说法吗，考珀？”

“没听见不行吗？”考珀粗暴地反问道，“这是事实，不是吗？你和我一样清楚，屋外正在电闪雷鸣。如果那个杀了特雷加森的家伙的时机选得恰当，在打雷的同时开枪，你凭什么认为我应该听到了枪声呢？”

“因为很是古怪——仅此而已。”比格斯韦尔意味深长地回答，“枪声很近，而且窗户显然是开着的。”

考珀突然带着疑惑鬼鬼祟祟地看了他一眼。

“窗户开着？我不是告诉过你它是关着的了吗？”

“那你如何解释这个？”督察指着窗台，用平静的声音问道，“你看见那些印记了吗，考珀？你知道那是什么吗，嗯？你不知道？那我来告诉你。它们是雨斑——而且从它们的样子看，也是最近的雨斑。令人好奇的就是，瓢泼大雨是如何在深色油漆的表面留下痕迹，这些斑点没有抹掉，还一直在这儿。你有什么要说的，嗯？你要知道，考珀，从周一晚上起就没下过雨。暴风雨到了9:30也完全结束了。看起来似乎*确实*曾有人在周一晚上打开过窗户。也许是你妻子。如果是这样的话，我去找她确认易如反掌。特雷加森小姐也可以。如果她们二人谁都没有开过窗户的话，那显然你就没有说实话，考珀。你说呢？”

在这个逻辑推论的过程中，考珀的脸呈现出一种发现自己被困进死角而且看不到出路的表情。他面如死灰，手指紧张地摆弄着绿色呢围裙的带子。

“那，这个嘛，”他不安地嘟哝道，“就算我搞错了吧。家里发生了这么多事，这再正常不过了，不是吗？可能我确实在晚上的早些时候打开过窗户。一个人在心情低落的时候没法把什么都记得一清二楚。”

“我明白了。所以窗户在星期一晚上是开着的？”

“我想起来了。”考珀绝望而真诚地说，“您说对了，督察。真想不通我怎么会忘记这件事！当时我正在给平时柴棚里用的油灯加油。大概就在晚饭前。您肯定知道的，煤油味很重。于是我打开窗户换气，免得我太太责备我在餐具室里给油灯添油。她一向坚持事情要办妥当。”

“非常值得称赞的品质。”比格斯韦尔冷冷地说，“好吧，我不耽误你时间了，考珀。你可以回去工作了。”

考珀松了一口气，二话不说，讪笑着悄悄走出餐具室，又继续锯起木头来。他对自己的聪明才智感到满意。他从未怀疑过自己有一个极度灵活创新的头脑。他觉得自己极为灵敏地躲过了督察的一击。

但督察远非考珀想象的那么好骗。从发现窗台上的雨点的那刻起，他就知道考珀一直在撒谎。他向格劳奇撒了谎。即使是最不善于观察的人也能轻易察觉考珀对警察有所隐瞒。他现在心里十分肯定，钱就是考珀偷的。下一个要解决的问题就是他藏钱的地点。在餐具室里？这个地方很有可能。

比格斯韦尔督察关上门，仔细搜查了小房间里的每一处角落与缝隙。可是都没有钱。然而，就在要结束搜查时，他的目光被窗下那张橡木长凳的光滑表面吸引住了。它上面有刮痕，看起来很新，再走近一看，一个断续的脚印轮廓依稀可辨。站在凳子上的人穿的是带钉的靴子，就像园丁或是负责户外工作的人穿得那样。几小块砾石散在光滑的深色木面上。这与督察在格雷灵斯车道和落地窗外的水泥地上发现的砾石一模一样。

但考珀为什么要爬凳子呢？窗户并不高。考珀没道理要爬到凳子上开窗。但是他确实爬了。为什么？

比格斯韦尔暂时把这个问题搁在一边，从侧门出去，把餐具室里的灯开着，走到崖边小径上。天已经几乎黑透了，房子外墙上透过磨砂窗户闪着橘色的光。督察立刻发现餐具室的窗户正位于整座房子的最右边。但这还不是全部！窗户的正下方，正是与房子的正面呈直角的花园南墙。

有那么一会儿，他抑制不住心头迅速划过的激动，考虑起这一事实的全部意义。他那罗纳德·哈迪与露丝·特雷加森联手的理论是否是无稽之谈？考珀是否不仅要为那些钞票的失窃负责，甚至凶案本身也与他有关？对考珀而言，看到海岸无人，爬出餐具室的窗户，沿墙蹑行，射杀特雷加森后神不知鬼不觉地回到屋里是件多容易的事啊！周围的小路和花坛上没有足迹。在他完全掌握了所有人的行踪后，对这一情况并不怎么意外。在杀完人后再把钱财洗劫一空。也许他对此人的真实性格有所误判。也许是庄家威胁要将他欠债的秘密抖搂给特雷加森，于是他情急之下冷血地决定杀死主人，因为他清楚地知道对方身上带着每月的家用。那左轮手枪呢？嗯，这个理论仍然站得住脚。他在墙上的时候，枪从手中滑落了。露丝·特雷加森过来后捡了起来，因为她以为这是哈迪的。她很有可能知道他有一把左轮，也知道罗纳德与她叔叔之间的争吵。她知道罗纳德很容易突然情绪激动，所以根据事实推断，觉得那是有可能的。没错，哈迪的枪不见了，只剩下个枪套。但这可能只是一个不幸的巧合。另一方面，那家伙带着枪失踪了。难道他的失踪也只是一个不幸的巧合吗？

比格斯韦尔突然感到灰心。他到底要何去何从？那些钞票的失窃为案情还原开辟了全新的思路。在某种程度上，考珀牵涉其中。他爬了那张凳子。尽管最初予以否认，但他确实打开过餐具室的窗户。如果说失窃与命案有关联而考珀在两件案子中都是他们“要找的那个人”，这难道不是一个完全合乎逻辑的观点吗？

第十三章

验尸官的审讯

比格斯韦尔督察在回格雷斯托克前又到警员的办公室去了解了一下内德·索尔特的证词。盘问由格劳奇负责进行，贝德卢森此前那番谈话的情况他都了解。偷猎者对自己在凶案发生当晚的行踪给出了十分令人满意的描述。他的故事与牧羊人的叙述完全吻合。督察意识到，就内德·索尔特而言，他与特雷加森的死毫无干系。自从贝德卢森出现以后，他就猜到索尔特的不在场证明是无懈可击的，但现在他还是大大地松了一口气，因为他好歹能从名单里划掉一位嫌疑人了。

他回到格雷斯托克后立刻去了警司办公室，他在那儿把当天的调查情况做了一个简要的汇报。总的来说，比格斯韦尔觉得进展不大。钱财的失窃是件令人头疼的麻烦事，大大动摇了他对自己头天晚上提出的理论的信心。警司也感到担忧，本就复杂纷乱的情况中又多了一名嫌疑人。在他看来，验尸官的判决几乎已成定局。面对如此庞杂又相互矛盾的证据，他能做的大概也就是下一个“凶手未知”的结论。警司相信局长已经与验尸官联系过并建议聆讯应该沿着这几条思路展开。但结果或许却并不令人满意。但现实就是这样。督察已经在有限的时间里尽了最大的努力，但这桩案子似乎比他们起初预料的更为棘手。

次日早晨天气晴朗，比格斯韦尔早早踏上了前往博斯考恩的路。虽然警方向几位目击者发出了传票，但他对即将到来的聆讯不抱什么希望。穆里昂夫人的证词可能会引起轰动。他很好奇露丝·特雷加森将如何招架这突如其来的迎头痛击。她被目击到手里拿着左轮手枪站在崖边小径的事实自然会使公众对她戴上有色眼镜，但警察却根本没有资格签发这个姑娘的逮捕令。哈迪仍然下落不明，他的陈述将是对姑娘不利的一个重要因素。除此之外，钞票失窃与考珀关于开窗的谎言也让事态变得更加复杂了。认为考珀与罗纳德·哈迪和露丝·特雷加森密切合作似乎很荒谬，可如果是他一个人犯事的话，为什么哈迪会在案发后就直接消失了呢？

督察一边还在头脑里考虑着这些问题，一边走进了警员的办公室。格劳奇并不是一个人。时钟下的长凳上坐着一位神情呆滞的高个子，一顶编织的巴拉克拉法帽（一种儿乎完全包住头部和脖子、只露眼鼻的帽子）完全包住了头和耳朵。一条宽大的围巾围住他瘦弱的脖子。这位不同寻常的人一看见督察就从长凳上站了起来，用尖锐的声音询问时间。这个奇怪的要求叫比格斯韦尔吃了一惊，他笑了笑，朝钟一指。那人也一笑，开始掰着手指大声数起来。督察向格劳奇投去探询的目光。警员招呼他过去。

“没事的，长官。”他急急地低声说道，“这是老汤姆·普拉特尔。只要别愚弄他，他基本人畜无害，只是有点……”他点了点前额，“您知道的，长官。”

“他来这儿干什么？喝醉了要酒疯？”

“这个时候就喝醉吗，长官？”格劳奇咯咯笑着摇了摇头，“是为了*那*个，长官。他是为了那个来的，奇怪吧，嗯？”

督察走到桌边，然后遽然停下，吹了声口哨。

“嘿！嘿！”他说，“这到底是怎么回事？”

一张吸墨纸上赫然摆着一把韦伯利左轮手枪！

“这正是我想不通的，长官。是这位汤姆今天早上发现的。他在郊区负责种树篱和开沟。他是在牧师公馆北边的一条路旁的沟底发现的。”

“路上的什么地方？”

“嗯，我从汤姆那里能问出来的，大约就在格雷灵斯大门这边大约四五百米的地方。有意思吧，哈？看上去像是……”

“没错。”督察打断了他，“我们要让这个家伙把准确的地点告诉我们。”

他小心翼翼地用戴着手套的手拿起左轮手枪。枪身锈迹斑斑，还零星沾着干泥点。发现枪上过膛，督察便将弹仓倒在了手心里。他很是惊讶。每个膛里都有子弹。他看向枪托。金属表面上有粗糙的划痕，明显是用某种钝器划的，两个轻易就能辨认的字母——R.H.。哈迪的手枪！一点都不错。但为什么是满膛？根据穆里昂夫人的证词，露丝·特雷加森在几百米以外的悬崖小道上拿着同一把枪，那它究竟是如何掉进路边沟里的呢？

他转向那个怪模怪样的人，只见他两腿大开地坐在长凳的最边上。

“你能带我们去看下你捡枪的具体位置吗？”

“哦——嗨。完全可以。”

“好！”

3个人走到外面上了车，汤姆·普拉特尔又跟格里梅特问时间，紧接着就用凄凉的声音告诉督察，说特雷加森先生是被一名德国间谍谋杀的。

格劳奇眨了眨眼。

“他脑子里整天想的都是德国人，长官。他是因为战争倒霉的。嘴里整天尽唠叨德国佬。可怜鬼！”

督察在短暂的车程里迅速地盘算了一下。他完全不知道该如何解释左轮手枪为何会突然出现在沟里。不可能是露丝·特雷加森偷溜出格雷灵斯时把它扔在那里的。她没那个时间；此外她绕着墙外围走的脚印也佐证了她的解释。不，如果露丝·特雷加森从崖边小径上捡起一把左轮手枪随后把它扔进了海里，那就不是哈迪的枪。她可能以为那是哈迪的枪。但她搞错了。那么她捡起的是谁的手枪呢？考珀的吗？这似乎是唯一可行的假设。那么其实是考珀而非哈迪把特雷加森吸引到窗边再开枪的？好吧！好吧！那他关于露丝–罗纳德合谋的圆满的小推论就到此为止了。难道这案子终究还是得请专家们来解决吗？

就在这时，汽车在一辆常见的修路工人的手推车旁停下了，手推车上还悬着一面红旗。

“是这个地方吗？”督察回过头问。

“哦——嗨。就是这里。就在战壕里，下士——就在这里。”

汤姆笨拙地爬出车来，另外几个人围住摇摇晃晃的他。

“你看见那块大石头了吗，啊？枪就躺在它旁边，下士。我猜大概是某个可怜的德国佬匆忙中落下的。”

督察仔细查看现场。沟槽底部几乎化为泥浆的地上有一个很深的凹痕，但很难确定这是不是左轮手枪留下的印记。但相比沟里的印记，比格斯韦尔倒是对沟渠和大路之间的草皮地带更感兴趣。他沿着这条松软的草皮带，在汤姆·普拉特尔发现左轮手枪之处的两边各走了大约5米。突然，他发出了一声满意的赞叹。停着的汽车旁大约两米开外的地方，有一道明显的车胎印痕。它在潮湿的草地上留下了一串菱形痕迹。

“昨天我做那个试验的时候，格里梅特，我们把车停哪儿了？这里吗？”

格里梅特摇头。

“再往前50米，长官。”

“那这些痕迹呢？”

“不是我们自己车的胎印，长官。我们的上面有花纹。”

督察点点头，谢过汤姆·普拉特尔后回到车里，命令格里梅特开车回警员的小屋。

他在那里给芬顿的便捷车库打了个电话。芬顿本人接的电话。

“早，芬顿。我想请你帮个忙。麻烦你帮我看一下哈迪汽车的轮胎花纹好吗？我周二过去的时候自己没有留意。”

“好的！”芬顿答应得很干脆。过了一会儿他回到电话旁。“十字交叉。”他说，“有点像菱形图案。”

“谢谢。这就是我想知道的。”

他挂上电话，转过身来对着格劳奇。

“毫无疑问，格劳奇。哈迪星期一晚上在牧师公馆的路上停过车。”

“那左轮手枪呢，长官？”

“是他的，一点疑问都没有。”

“可是怎么……”

“别问我。”督察有些烦躁地说，“这个该死的案子尽是绊脚石。棘手处一个接着一个。听着，格劳奇，咱们把目前无法解释的疑点都先列出来。”

10分钟后，比格斯韦尔列出了一张长长的清单。内容为：

（1）为什么哈迪选择在案发地点的周边，而不是在自己前往格雷斯托克车站的路上扔掉手枪？

（2）如果他无意谋杀特雷加森，那为何当天晚上将枪从枪套里取了出来？

（3）他为什么在谋杀发生的当晚，并且是在估计的案发时间将车停在格雷灵斯附近？

（4）若非与凶案有牵连，他为何失踪？

（5）特雷加森是他杀的吗？

（6）穆里昂太太目击到露丝·特雷加森手里拿的是谁

的左轮手枪?

(7)她确定那是哈迪的吗?

(8)这就是她当晚后来那一系列行为的原因吗?她是不是把那一支枪扔到海里去了?

(9)那是考珀的左轮手枪吗?

(10)特雷加森是考珀杀的吗?

(11)既然开了3枪,为什么索尔特和贝德卢森都发誓只听到了一声枪声?

(12)如果子弹来自哈迪的左轮手枪,他为什么要取出空弹壳,重新装满子弹并且清理枪管呢?

所有这些问题,在当时看起来似乎都无法回答。第五和第十个问题合在一起充分表明了督察左右为难的处境。经过将近3天的深入调查后,他仍然不清楚这两个人中究竟是谁下的杀手。直到昨晚之前,他甚至都还没有怀疑过考珀与这件凶案有任何关系。但是现在,自从发现第二支左轮手枪以来,他已经倾向于认为考珀,而非哈迪,才是他们要找的那个人。

格劳奇打断了他的思绪。

“这位——汤姆·普拉特尔,需要我传唤他出庭受审吗,长官?”

“不必。我认为今天下午没有必要再提第二支左轮手枪这茬了。这桩案子本来就已经够复杂的了。再说判决已成定局。格劳奇，咱们都传唤了哪些人？”

“自然有特雷加森小姐，长官——考珀夫妇，彭德里尔先生和穆里昂夫人。”

“我明白了。好吧，我们还是按那个名单走吧。这会儿我想在你的客厅里休息一会儿，格劳奇，把我的笔记再过一遍。我会去‘舟船’吃午饭。聆讯两点准时开始，别忘了。”

督察的话非常具有预见性。验尸官，也就是格雷斯托克的一位法务官，在两点准时开始了聆讯程序。这间原本是台球室的屋子里挤满了人，外面还有一小撮未能获许进入的人群，正耐心地等待着聆讯的结果。屋子正中摆着一张“舟船”老板平时租给学校的那种长长的搁板桌子。桌子的一头，靠背扶手椅上坐着验尸官。他的右手边依次是陪审团成员；陪审团的对面则是坐在一起显得有些奇怪的，被警方传唤的各位目击者。

壁炉架上的小青铜钟刚响过两声，验尸官用小槌敲了敲桌子，透着兴奋劲儿的交头接耳声立刻沉寂下来。

聆讯按照通常的程序开始。露丝·特雷加森指认死者是她的叔叔，然后用平静而微颤的声音描述了她发现案发的过程。尽管要说的内容使她备受折磨，但她还是条理清晰地提供了证词，这一点勇气可嘉。面对验尸官那些突然插入的提问，她不时停下来，静静地思考后再继续自己的叙述。露丝坐了下来。考珀夫人被提审。她形容了自己是如何回应特雷加森小姐的呼喊，冲进起居室后发现特雷加森先生中枪躺在地板上。管家显然很紧张，绝大多数时候，她说话的声音沙哑颤抖且接近耳语。验尸官应一位听得吃力的年长陪审员的要求，请她说话大声点。最后伴随着一声人人可闻的如释重负的叹息，考珀夫人瘫坐回椅子，将她那艰难的位子移交给了丈夫。

考珀的衣着虽然比督察上次见他的时候整洁了一些，可依旧手足无措。他的视线从验尸官晃到陪审团，又从陪审团身上移到屋子顶头在长凳上挤作一团的观众上，最后带着木然的焦灼落在了比格斯韦尔督察的身上。督察一动不动。考珀又将视线仓皇地调回到正在向他提问的验尸官身上。他开始油腔滑调地证实自己妻子关于发现死者的过程。当验尸官挥挥手示意他落座并传唤彭德里尔医生的时候，他甚至比考珀夫人还要如释重负。

医生以爽利专业的声音做了证。他说，枪伤是致命伤，而且几乎可以肯定是瞬间致死。据他所说，子弹是近距离发射的，因为子弹已经进入前额，完全穿透了头骨。他进一步认为，根据警方后来证实的证据，这是点45口径的子弹，适用于部队特制的韦伯利左轮手枪。在验尸官的询问下，比格斯韦尔确认了这一说法，医生坐了下来。

穆里昂夫人受到传讯。自从聆讯开始以来，直到此时，比格斯韦尔督察的脸上才第一次出现了饶有兴味的神情。

牧师也和他的妹妹坐在前排的板凳上。他突然将自己的猎帽推到了座位下方，上身前倾，双手拍在张开的膝盖上。他当然知道穆里昂夫人在周一晚上路过崖边小径，但他看到她作为证人受到传唤的时候还是大吃一惊。关于穆里昂夫人的证词，督察什么都没告诉过他。他热切祈祷助产士的出庭与露丝无关。那可怜孩子经受的已经够多了。他如此深切地感受到了她的悲痛。对她而言，这已经是一场十足可怕的磨难，更别提还要让她接受进一步盘问的纠缠。

一发完誓，穆里昂夫人就口若悬河地开始了自己的证词，并时不时地倒吸一大口气，就跟汽车换挡时的短暂停顿一样，随后她的语速只会更快。耳朵不大好的那位陪审员再次向验尸官提出申诉。验尸官同情地笑笑，请助产士将语速放慢一些。

然后穆里昂夫人说到了她首先看到露丝·特雷加森站在崖边小径上。她描述了自己是如何藏在金雀花丛的阴影里目击到特雷加森小姐随后的举动的。

“你确定自己看到的是特雷加森小姐吗，穆里昂夫人？”验尸官问道，“你别忘了，那晚伸手不见五指。”

“噢，绝对是她错不了，先生。那会儿月亮已经出来了，就像我之前说的，屋子里的灯光照亮了特雷加森小姐的脸。”

此时督察在穆里昂夫人的证词所制造出的一片兴奋的交头接耳声中安静地站起身，问他是否可以向证人提一个问题。验尸官同意了他的请求。

“你提到了屋里的光，穆里昂太太——你这话究竟是什么意思？”

“客厅里透出来的光，长官。你可能知道，窗帘是拉开的，灯光大开。”

“只有从起居室里射出来的光吗？”

穆里昂夫人思考了一会儿这个问题。现在她的证词被打断了，她也失去了自信，越来越不自在。她拨弄着头发，重新戴上帽子，最后说道：

“既然您这么问我——*还有*另一束光。它是从房子尽头的一扇小一些的窗户里照出来的。”

“我明白了。”督察说，“谢谢。就这样，穆里昂夫人。”

他转向验尸官，微微致意后坐了下来。

“现在，穆里昂夫人。”验尸官继续说道，“你说你一看到特雷加森小姐后就缩到了灌木丛中。这样的反应肯定不自然吧？我想你应该认识特雷加森小姐吧？”

"哦，认识的，先生。"

"可你没有走过去跟她说句话吗？"

"不，先生。我没有。当看到她手里拿的东西后，我没有。我吓了一大跳。"

"她手里拿的东西？"验尸官用柔和的声音问道，"什么东西呢，穆里昂太太？"

"一把左轮手枪！"

这句话的效果，正如督察所预料的，引起了轰动。一阵激动的低语声立即升腾起来并演变成了真正意义上的质疑与惊叹相夹杂。露丝·特雷加森在这片嘈杂声中一跃而起，脸色苍白，心急如焚，面朝桌子那头的穆里昂夫人站着。彭德里尔医生站到女孩旁边拉了拉她的袖子，耳语了几句，露丝绝望地看了验尸官一眼，才不情不愿地坐了下来。验尸官的小木槌敲得梆梆响，回响在嘈杂声中。人群突然一片寂静。

"肃静！肃静！女士们，先生们。"验尸官不悦地说道，"请各位记住自己身在何处以及此次开庭的目的。"他把脸转向穆里昂夫人，后者对自己的证词所引起的轰动感到震惊，众目睽睽之下有点畏缩，"现在，穆里昂夫人，我想请你确认这一点。你发过誓的，记住。你仍然坚持认为看到特雷加森小姐手里拿着一把左轮手枪吗？"

"是的，先生。"穆里昂夫人踟蹰着答道，"我敢肯定！”

“很好。请继续，穆里昂夫人。请将后来发生的事告诉陪审团。”

穆里昂夫人一口气三言两语地形容了露丝·特雷加森如何盯着左轮手枪再在手里将它翻过来，朝四周惊恐地环顾一圈后，便跑到侧门那里进屋去了。

穆里昂夫人的证词到此告一段落。

露丝·特雷加森立刻站了起来。验尸官将眼镜往鼻梁下方扯了一点儿，从镜片上方疑惑地看着她。

“依我看，特雷加森小姐。”他神色困惑又悲切地说，“你或许想说两句？”

“是的。”露丝强调道，“如果符合程序的话。我想对最后一位证人的证词提出异议。”

验尸官略做思索，询问了陪审团的意见，同意了。

露丝转过身来到了穆里昂太太所在的位置，后者可怜兮兮地缩成一团，正试图躲到她丈夫瘦弱的身体后面。比格斯韦尔督察和牧师都对姑娘身上发生的变化感到惊奇。她此前所有的胆怯都一扫而光，在面对这位不幸的助产士时，她的双颊涨得通红，双眼异常明亮。

“现在，特雷加森小姐。”验尸官说，“你想说什么？”

“关于左轮手枪。穆里昂夫人搞错了。就是这样。我手里拿的不是左轮手枪。穆里昂夫人从远处看可能有点像左轮手枪——但其实不是。那只是一支普通的袖珍手电筒。”

“一个手电筒！”验尸官惊呼，“但要把手电筒错看成左轮手枪可不容易。穆里昂夫人说你看着它还在手心把它翻了过来。你否认那样做过吗，特雷加森小姐？”

“不否认。”

“可如果那只是一个普通的手电筒，你的所作所为不就很奇怪吗？你的行为表示你在检查一个不熟悉的物体。”

“这我很容易就能解释。”露丝平静地说，“就在我走到花园的墙边时，手电筒闪了几下就灭了。这让我很意外，因为我前一天刚换过新电池。所以当我走进窗户射出来的光亮后，我很自然地停下脚步查看手电筒，摇了摇，把它在手里翻了过来。”

“我明白了。这个嘛，我无权否认你说的事实。你宣过誓的。我已经听过了穆里昂太太的证词。她也宣过了誓的。因此，我只能假定，由于光线一般，穆里昂太太看错了。你的陈述与她的互相矛盾。你懂吗？”露丝点头。验尸官转向陪审团：“先生们，我想各位会同意我关于不再追究这件事的看法的。然而，出于对特雷加森小姐的公平的考虑，我必须请求你们驳回先前证人的证词。毫无疑问，她发自肺腑地相信特雷加森小姐手里拿的是一把左轮手枪。可即使是在座中最谨慎的人，有时也可能会犯错误。而且综合考虑，穆里昂夫人在这件事上，确实是……呃……弄错了。”

得到这样的结论后，露丝坐了下来。验尸官看了看面前的笔记，向陪审团做了发言。

“现在，先生们，你们都已经听过特雷加森小姐和考珀夫妇的证词了，而且听到了彭德里尔医生关于他对死者死因看法的汇报。你们需要关心的主要有3点：首先，那致命一枪是意外吗？如果你采信这个说法，那么根据现有的证据，你们将得出意外死亡的判决；其次，开枪的是否是死者本人，他的意图是结束自己的生命，在这种情况下，你们的结论就是自杀；第三，致命的那颗子弹是否是旁人开的枪，目的是蓄意谋杀死者，在这种情况下，当然，你们必须得出谋杀的判决。关于前两种假设——我只需要提醒各位，房间一共射进了3枪，而且有至少3位证人的证词证明，一定是死者本人拉开了起居室的窗帘——我们由此可以推断出死者是被屋外的人*故意*引诱至窗边的。因此，你们是否有理由假设这些子弹纯属意外呢？死者是自杀的吗？这里我只需要提醒你们，3枪都是从屋外射进来的。由此我想你们会同意排除自杀的可能性。这样一来，我们就只剩下第三个可能——即某个人，或某些人，出于尚不可知的动机，蓄意地，谋取死者的性命，并且于3月23日，即本周一的晚上成功地付诸了行动。如果你认为这桩案子是这样的话，那你们别无选择，只能得出故意谋杀的判决——没有进一步的证据可以确认凶手的身份——所以判决只能是凶手未知的谋杀。因此，先生们，请各位考虑一下你们的裁定。”

经过简短的商讨，并没有休庭，陪审团主席便站起来公布了预料之中的判决。验尸官站起来，宣布聆讯结束，在一片肃穆的寂静中走出了房间。人们则兴奋地七嘴八舌，跟在他后面鱼贯而出。这时小青铜钟报时——下午3:00。

第十四章

纸　条

在这天的晚些时候，也就是周四的夜晚，吃过一顿丰盛的晚餐之后，彭德里尔医生与牧师坐在后者的书房里聊天。这是他们第一次得以正儿八经地坐下来详细讨论朱利叶斯·特雷加森的死亡之谜。尽管医生对警方能将凶手尽早逮捕归案的可能性持积极态度，但牧师却远没有那么乐观。如果比格斯韦尔督察仍然继续他先前的调查思路，将怀疑集中在罗纳德和露丝身上，他预感警察或许找错了人。当然，他对于考珀毫不显眼地进入了查案视野的事一无所知。他当然知道钱财的失窃一事，可自从周二晚上以后，他就再也没见过督察的面，所以他尚不知道比格斯韦尔已经或多或少地将窃贼锁定为园丁。因此，他以为罗纳德·哈迪仍然是督察进行案情重建时的核心人物。而彭德里尔，也有着类似的印象。

“奇怪的是，”医生说，“失踪会将注意力都集中到哈迪他自己身上。我们可以想见，任何聪明人都能认识到这种行径中的悖论。在我看来，多德，这正是他是无辜的最有力证明。如果他像督察所怀疑的那样，*确实*蓄意谋杀了特雷加森，那他一定会装作太平无事的样子继续生活。我可以肯定。哈迪的头脑一流，不会干出这种傻事来的。”

牧师用合理膳食保养的温柔嗓音表示同意。

“有道理。有道理。我一点都没有怀疑过他的清白。不管罗纳德突然失踪的原因是什么，我都确信那与可怜的特雷加森之死毫无关系。事实上，自从今天下午的聆讯以后，我的信心就更足了。”

“因为穆里昂太太那失败的证词吗？简直就是一出闹剧，多德！”

“不，与那无关，而是我在聆讯*后*得知的一些消息。”

事实上，牧师是沿着牧师公馆的路从“舟船”走回家的。在路上，汤姆·普拉特尔向他打招呼询问时间。接着他们就聊了起来。汤姆对自己的发现洋洋得意，很快就将那把锈迹斑斑的左轮手枪的故事一一道来。他还向牧师信誓旦旦地说，尽管警察们以为他没有在听，但他其实无意中听到了其中一人说枪是哈迪先生的。他提到了刻在枪托上的首字母缩写。当然，他自己很清楚，那把枪不是哈迪先生的，而是一把被一个“可怜的德国佬”藏在“战壕”

里的德国左轮手枪。

牧师断定，尽管汤姆行事怪异，但他说的应该是实话。一个像他这种精神状态的人，是没法编出一个如此细节生动、事实丰富的谎话来的。当然，他给故事加上了点德意志风味的装饰，但故事的主体显然还是建立在事实基础之上的。

“我想知道的是，”牧师开始推论，“罗纳德明明有充足的时间和机会在稍后的时间里处理掉他的枪，却把它扔在了距离案发地几百米的沟里？你看，彭德里尔——这太荒唐了！督察的推论我越琢磨，发现的瑕疵也就越多。罗纳德杀死露丝的叔叔有什么好处？我们为什么没有在悬崖上发现他的脚印？一个人怎样能够站在距离窗户大约6米的地方朝房内开了如此分散的三枪？这是否证明开枪者在战争期间当过兵？一个会用左轮手枪的人？比如，罗纳德？”

“我知道。”彭德里尔用烟斗柄挠了挠下巴，“你刚说的最后一点从一开始就把我难住了。这可能提示凶手是一个女人。但我总觉得不是。”

“露丝？穆里昂夫人？”牧师问道，“我们完全可以把她们排除掉。我们*知道*她们没有参与犯罪，我们的直觉如是告诉我们。那么，看在上帝的分上，彭德里尔，究竟是谁杀了特雷加森呢？我昨天晚上在床上反复考虑案情的时候想到，会不会是崖边小径上发生了打斗。这就解释了为什么会出现如此分散的弹孔。可是，我们在路上找到了打斗的迹象吗？没有。在我看来，这3颗子弹在窗户上的分布如此分散，其重要性远远超出了我们最初的设想。我忍不住一直思考案件中的这个奇怪的因素。彭德里尔，6米的距离，就连我都能成功地连发3枪将子弹打过落地窗而不碰到旁边的窗户。我闭着眼睛都应该能做成。说一个孩子也能胜任这件事或许并不过分。可事实却是，这3个弹孔是分散的。而且我相信，只要这桩怪事得到了解答，我们离解开特雷加森的被害之谜就前进了一大步。”

彭德里尔的兴致上来了。

“你有一个推测——是吗，多德？”

牧师在作答之前犹豫了一下。然后缓缓说道：

“不如说是我灵光一现，如果追查下去，我们或许就可以弄清这个罪犯的身份了。”他随之将手探入背心口袋，从里面掏出一小张方形的纸片来，递给医生。“读来听听。”他说道。

医生照做。

我不是要你的钱。我保持沉默不是为了你，而是看在他的面子上。我不希望再听到关于此事的只言片语。

——M.L.

“好吧。”牧师问，“你什么看法？”

“没看法。”彭德里尔说着，将纸条递回去，“这到底是什么？”

牧师解释了自己在特雷加森的桌子里发现这张纸条以及将原件交给督察的经过。

“那张纸条的内容我留了一份备份。”他解释说，“我很感兴趣。这看起来很像是可怜的特雷加森想要花钱封口，是不是？”

彭德里尔表示赞同。

“可能是女人。”他带着坚定的独身主义者对全世界女性的傲慢态度说道，“多德，这类事情要是深挖到底，几乎永远都有女人的份儿。”

“至少这一次，”牧师挤了挤眼睛说，“我相信你是对的。”

“我当然是对的。”彭德里尔咬牙切齿道，“我看就是这样没错。特雷加森与一个有夫之妇有染，结果却有些尴尬——我猜是在所难免的私生子一类的事——担心这个女人会泄密并告诉自己的丈夫，我们的朋友J.T.[①]便试图用大把的钞票收买她。多德，这是一个多么绝妙的推论啊！”

“嗯，不错。一点都不错！”牧师承认，他倾身向前，拍拍彭德里尔的膝盖，“再来一杯？”

---

① 朱利叶斯·特雷加森姓名的缩写。

“谢谢。”彭德里尔说，“多德，我自己调，要是你不反对的话。我知道你滴酒不沾的习惯。我都怀疑你在哪家苏打水公司有一大笔股份！”

带着一副固执严肃的神色，他调了一杯高度数的威士忌苏打，将它举起对着灯光，默默地将牧师的注意力吸引到那半透明的深琥珀色上。

“这酒不行。”他一面深深地陷回椅子里一面说，“现在，多德，我们接着说便条吧——M.L.是谁？”

“啊，你问住我了！我自己也一直在琢磨这两个首字母。可能是教区里的人，也可能不是。如果像你说的那样，特雷加森与有夫之妇有染，那我更倾向于认为对方不是我们村里的。在博斯考恩这种小地方，这样的丑闻是纸包不住火的。然后，根据你的推论，还有个孩子。那孩子呢，彭德里尔？这个女人如何遮掩孩子出生这件事呢？”

“嗯，简单得很。”彭德里尔侃侃而谈，“当然是装成是她丈夫的孩子！天啊，老兄！这种事一年到头天天都有，没人会算得那么细。”

“但如果她丈夫对此事一无所知，那么这张纸条就与特雷加森被杀一事毫无关系。”

“是谁说有关系的呢？”

“是我。”牧师马上接过话头，“我有一个想法，那张纸条提示了我们犯罪动机。当然，纯属假设，可所有的推论起初都是从假设里生发出来的。假设这个女人无力继续掩盖这个秘密。假设她一想到自己所做的事就心神不宁，最后向丈夫坦白了。然后呢？难道这位丈夫不会出于复仇的动机，也可能是被嫉妒蒙蔽了双眼，从而决定结束特雷加森的生命吗？这是一个可行的假设，不是吗？”

“哦，可不是嘛。”彭德里尔语带讥谑，“它解释了散布的弹孔；崖边小径上的脚印，或者说没有脚印；以及特雷加森在被害后还被偷了钱的问题。事实上，所有的问题都迎刃而解！”

牧师面对医生的批评从容不迫，用平静的声音继续说下去。

“不，先别急，老兄。我刚才可能没有说清楚。我并没有寄希望于解决了纸条的问题就能解开整件案子的谜团。纸条只是这块拼图里的一小片，仅此而已。但如果我们解决了纸条和分散的弹孔的问题，并发现这两个问题的答案之间存在着某些联系。甚至更进一步——假设我手上还有一块拼图，我把它与这另外两块放到一起，结果发现这3块的边缘能够完美吻合，一块接着一块——然后呢？我们或许不就能看到凶手逐渐显形了吗？”

“你的这个第三块拼图是指？”

“不！不！先别问我，彭德里尔。给我点时间让我的理论更稳固一些。现在它还不太站得住脚。一遭批评就不堪一击。我这是在黑暗中摸索。但我相信，彭德里尔，只要我能在这幅拼图最核心的3块边上再加上几块——凶手的形象，或许终究会浮出水面的。”

“那你现在究竟需要什么，”彭德里尔用温和的嘲讽口气问道，“来帮助你形成那精妙绝伦的推论呢？”

“一大团绳子。”牧师高深地说道。

彭德里尔医生怜悯忧郁地看着自己的老朋友。

“你需要放一个长假，多德。特雷加森遇害这件事给你造成的打击太大了。”

“把你的威士忌干了吧！”多德牧师回斥道，一边朝已经烧得很旺的火堆中又扔了几块木头。他更深地蜷进椅中：“这时候所有虔诚的基督徒都已经睡觉了！”

第十五章

考珀的证词

比格斯韦尔督察感到分外困惑。每走一步，这桩案子的情况都在变得更加复杂。他不得不承认，尽管自己不知疲倦地展开了调查，但现在他距离特雷加森之死的真相并不比第一次走进格雷灵斯的客厅看到死者头部中枪倒在血泊中时来得更近。新近出现的两件事打乱了他向警司阐释过的推论——钞票失窃，表明考珀也有可能就是凶手；还有在沟里发现了哈迪的左轮手枪。而现在，验尸官聆讯完之后，第三个障碍又迎面而来。

穆里昂夫人真的看错了吗？他被搞糊涂了。当她第一次在警员办公室说这件事的时候，她对自己证词的确凿性如此不容置疑。她在聆讯时也做出了同样肯定的陈述。很明显，助产士是真的认为露丝·特雷加森手里拿的是左轮手枪——而且在她知道特雷加森被杀*之前*就是这样认为的。而另一方面，那姑娘在她的陈述中又同样肯定地宣称那不是左轮手枪，而只是一支袖珍手电筒。

露丝·特雷加森的解释既简单也合理。她是在暴风雨最猛烈的时候沿着悬崖出发的——她带只手电筒再自然不过了啊？此后她停下来，把手电筒放在手里翻来覆去地查看一番，也是说得过去的解释。但他因此就接受这套说辞了吗？正如验尸官所说的那样，在这件事上助产士与女孩的话相互矛盾。验尸官的处理方式是公正地驳斥了穆里昂夫人的故事，毕竟当时的光线并不好，而且那妇人站得确实有些远。但他，督察，是否就有理由不经思索地将那女人的话置之脑后呢？当然不是。

女孩对自己周一晚上偷溜出门的行径的解释是单薄的，非常单薄。他无法不产生联想，猜测那天晚上她鬼鬼祟祟地出门是为了去崖边小径上捡枪。有一点他相当肯定——汤姆·普拉特尔在沟里发现的左轮手枪绝非是凶手作案的凶器。后来对这支韦伯利进行的检查显示，枪管内部虽然略有锈蚀，但并没有最近开过枪的痕迹。那么为什么哈迪会在凶杀案发生的当天晚上从枪套里取出枪，然后不知何故地将它扔进路边的沟里呢？

有没有这种可能，不止一个人，而是两个互不相干的人，秉着各自迥然不同的动机，出于某种诡异的巧合，不约而同地都决定要在那天晚上谋杀特雷加森？他们其中之一，哈迪失败了，而另一位则成功了。而那位成功者是考珀吗？在他的脑海里，考珀的形象总是反复浮现。在接受审讯时，那人的脸上写满了罪恶感。但究竟是由于偷盗，还是谋杀，抑或是偷盗加谋杀，那就不得而知了。不过，他还是决定在回格雷斯托克之前，先去格雷灵斯再做些进一步的调查。

当他抵达那所房子时，考珀夫妇刚到家，考珀本人正坐在厨房的炉灶前脱靴子。餐具室里那光滑的长凳上破碎的脚印的主人是谁，已经不言自明了。考珀正在脱的靴子底上镶了一圈凸出来的马蹄形钉子。

“这双靴子不错。”比格斯韦尔不经意地说道，“看起来也很舒服。”

考珀带着毫不掩饰地疑心望向督察。然而考珀夫人的态度却更亲和也更健谈，尽管还有点紧张，刚才聆讯中公众对她的关注让她有些受宠若惊。

“哦，它们穿起来是很舒服。”她肯定了督察，“但我希望他在室内不要穿得这样又大又笨重。他的毛病就是太懒。为什么偏偏在周一晚上，长官，就在……”

“总得进进出出的人哪儿能老换鞋子。”考珀粗暴地打断妻子的话头，“我在这屋里的角色这么不伦不类的。一个打零工的人！就是这样。一个四不像——半是园丁，半是管家。真是讨厌。”

“周一晚上怎么了？考珀大人？”督察没有理会她丈夫的埋怨追问道。

“就是他穿着那双靴子在我打扫得干干净净的厨房里乱走。”

“还有你们起居室里干净漂亮的地毯，是吗？对了，考珀，你在管家餐具室里也穿着那双靴子，对不对？”

“哦——那又怎样？”考珀立刻戒备地问。

“哦，没什么。”督察轻描淡写地回答，“只是我不明白你为什么要爬上凳子，毕竟你站在地面就可以轻松地打开餐具室的窗户，仅此而已。”

此番瞎蒙乱撞的威力远远超出了督察最乐观的估计。考珀气得脸色发青，一跃而起，将靴子扔到炉围上，转过身来对着比格斯韦尔。

“你这话什么意思，嗯？你对我紧追不放到底想怎样？从周一晚上到现在，你别的什么都没干，尽窥探我的一举一动了。你拿住我什么把柄了？就算我确实开过窗户又如何？就算我真的爬过那个凳子又如何？单凭那个你不能证明什么！如果是那钱在吸引着你——”

“那钱！”督察惊呼。

“我说了钱，怎么了？那笔从特雷加森先生钱包里被偷了的钱。少装成你不知道的样子。”

“不是这样。”督察冷冰冰地说，“可我并不知道你知道此事。真是令人惊讶的新闻！谁告诉你的，嗯？来吧——说出来吧！你的情报究竟是从哪儿来的？”

考珀目瞪口呆地站了一会儿，两只穿着袜子的脚颤抖起来，完全呆住了。他张着嘴，目不转睛地失神盯住督察严肃的脸。随后他突然瘫倒在了椅子上。

“我……我是……”

“嗯？”

“是特雷加森小姐告诉我的。”考珀弱弱地加了一句，“在电话里。”

看着这个男人为了摆脱窘境反被自己的愚蠢所害的徒劳尝试，督察笑了。他现在知道了，偷钱的就是考珀。

“嗯，这话核实起来很容易。”督察轻快地说。他转向站在门口的芬纳警官，“芬纳，请你替我到牧师公馆去一趟，问问特雷加森小姐，是否愿意抽点时间来跟我见一面。”

当警员转身去执行命令时，蜷缩在火堆前的人发出了一声低吟。他将抽搐的脸埋进手心里。

“好吧。”他呜咽着说，“好吧。”

督察挥了挥手，阻止芬纳离开。

“打算全部交代清楚吗，考珀？”他平静地问道，“我向你保证，长远来看，这样更好。”

“您是什么意思？”考珀太太站在那儿，被这突如其来的转折完全搞糊涂了，“督察，您不会是想说考珀偷了钱吧？从特雷加森先生身上？而且还是在他……死了之后！”

“这正是我想弄明白的。抱歉。让你受惊了——但事实就是事实。考珀，你怎么说？”

考珀晃晃悠悠地站起来，脸色惨白。

“最近两个月我的运气一直不好。马似乎都不……”

督察很快打断了他的话。

“你那套可以省省了，考珀。然而，我必须警告你，你现在所说的一切都将形成书面文字并作为呈堂证供。我会在格雷斯托克正式起草一份口供。”他示意芬纳将那人铐住，“你被捕了，考珀——明白吗？把他带到车里去，警员。”

那个满脸愁容的人默默地蹒跚着走出厨房时，督察转向女管家。

“我为你感到遗憾，考珀太太，但这就是我的职责。我会通知特雷加森小姐这件事，关于照看这座房子的事她可能会做一些新安排。你一个人待在这儿不太好。”

考珀夫人强忍着泪水默默点了点头。她想说点什么，却因情绪激动而哽咽难言。督察亲切地拍了拍她的胳膊，嘴里低声说了两句类似“我理解”的话后也出门上了汽车。

稍后，考珀在警局总部被带到警司面前，被正式指控为偷窃钱财。然后做了如下口供。

“3月23日，周一晚上，我在餐具室里洗餐具，我妻子正在楼上整理脏了的亚麻桌布。9:00刚过的时候，我突然想到自己还没有把柴火给特雷加森先生送过去。于是我把木头从厨房拿出来，送到了起居室。我发现主人躺在窗边的地板上。头底下一汪血泊。我放下木头走近观瞧，看到了他额头上的弹孔，于是知道他已经咽气了。他的钱包从胸前的内袋里露了出来。我能看见里面有一叠厚厚的钞票。我本来打算报警的。但后来我想到了自己赌马的亏空。我觉得这是一个摆平赌注经纪的机会，他此前一直在催我还旧债。我用手帕从主人的口袋里掏出钱包，把钞票塞进了自己的口袋，再将钱包放回他的口袋里。我正要离开的时候发现自己将小车停在了房间的正中间，便又将它摆到了火炉边，看了一眼时间，然后出了房间。我回到了餐具储藏室。没人发现我，我妻子还在楼上，特雷加森小姐也出门了。我意识到我必须在警察来调查这起谋杀案之前把那些钞票处理掉。我认为他们会把失窃与谋杀联系起来。我想了一会儿，想起花园墙上有块石头松了。于是我打开餐具室的窗户，站在凳子上爬上了墙。当时在下雨。我不想留下任何脚印。我取出石头，把钱藏到了石头后面。然后我再回到餐具室，关上窗户。过了不久，特雷加森小姐发现主人死了，我冲出餐具室，装作对命案一无所知。”

报告完证词后，督察同警司简单交流了几句，自己又问了几个问题。在他的头脑里，考珀尚未完全洗脱与主体案件的嫌疑。当然，他的叙述与督察已经掌握的信息高度吻合，但有一两个地方他还想问明白一点。

“关于时间，考珀，你说在9:00刚过不久的时候想起了木头的事，这到底是什么意思？”

“就是，在离开起居室之前我看了一下壁炉架上的钟，记下了时间。当时正好是9:10——所以我一定是在几分钟前想起的那些木头。”

“你拿钱的时候一点都没有移动过尸体？”

“没有，长官。”

“也没动过房间里的任何东西？”

“没有。”

“在窗帘没拉的窗外有没有发现什么不寻常？”考珀摇头。“那天晚上你去过车道上吗？”

“是的，我去过。”

“去干什么？”

“换门廊上的灯。就在我太太进屋收拾餐桌的时候，她发现前门的灯不亮了。所以我就出去干这活儿了。”

这话，督察意识到，显然是事实。考珀在解释的时候一定意识到，想要求证他话语的真实性的话，问管家就行了，容易得很。很好。这也就解释了为什么他靴底的钉子之间塞满了碎石子，而后来督察在橡木凳子上也发现了它们的存在。

“你以前当过兵，考珀？”

“是的，长官。”考珀承认，面色苍白地微微一笑，“准下士……”

“碰过左轮手枪吗？”督察很快打断他的话。

“从来没有，长官。”

“我猜也从来没有拥有过吧？”

“没有，长官。”

比格斯韦尔督察转向警司。

“就这些，长官。谢谢您。”

警司朝站在门口的警员示意，考珀被带进了牢房，在那儿等着见地方法官。不过，基本可以肯定的是，他的案子最终会在季度开庭期被提审，尤其是这桩盗窃案与特雷加森的谋杀案有关联。

屋里只剩下他们两人了，警司转过身来对着坐在桌子另一侧的比格斯韦尔，他的手指在打开的笔记本上敲敲点点。

“你怎么看，比格斯韦尔？”

“前景不明朗。”督察苦笑着回答，“我们恐怕是在浪费宝贵的时间。他说的是真话。您同意吗，长官？”

警司表示同意。

“小偷小摸——不是大文章。”他的结论中肯，“不过你的工作还是完成得可圈可点，比格斯韦尔。我想，你的聪明才智警察局长一定都看在眼里。”

“多谢您的美言……感激不尽！”

两个人笑了。

“哈迪还是没消息吧，我猜？”督察问道，显然已经猜到了否定的回答。

“没有。苏格兰场按照常规程序，把所有可能的地方都搜了一遍——但到目前为止还没有结果。”

督察叹了口气，合上笔记本，慢慢站了起来。

“有点沮丧，是吗，比格斯韦尔？”

“唔，长官，事情进展得不太顺利。在抓到哈迪并对他展开审讯之前，我多少都可以算是，寸步难行。”

他简要地解释了当天取得的调查结果。穆里昂夫人证词的失效和发现的刻了首字母的左轮手枪。

“所以您就明白我所面对的困难了。随着考珀先生和那个偷猎者被排除了嫌疑，我就只剩下罗纳德·哈迪了。可既然哈迪的左轮手枪在沟里被找到了，子弹一颗没少，枪管也是干净的，我现在怎么可能弄明白他究竟是怎样犯案的！”

“你不认为那是用来栽赃的吗？”

“左轮手枪吗，长官？可是为什么呢？”

“用来扰人耳目的线索。他有可能是为此特意在左轮手枪上刻的姓名首字母，在杀完人后取出空弹壳，重新装上子弹，并且把枪管清洗干净。”

“呃！似乎有点不太可能。这里面可能确实有文章，但我仍然倾向于相信穆里昂夫人看见特雷加森家那个姑娘的时候她手里拿的*确实*是一把左轮手枪。”

“在聆讯的时候作了伪证？”

“没错。”

“可为什么要这样做？”

“因为她想替哈迪打掩护。”

“那他一定有两把左轮手枪。”

“这就是我目前得出的结论，长官。他用一把枪杀人，那刻字的第二把，他提前扔到沟里去，也许就是猜到它会被汤姆·普拉特尔发现。”

“这似乎是唯一的解释了。”警司不怎么积极地表示同意，“顺便问一下——今晚格雷灵斯有人值班吗？我看见芬纳和你一起回来了。”

“有的——当地的警员。我来之前刚见过他。考珀的事我也通知特雷加森小姐了。管家今晚搬到牧师公馆去住，所以今晚格雷灵斯就由格劳奇一个人负责了。”

“接着你会去和他取得联系，查实考珀说的藏钱的地方。”

“我正要去呢，长官。”

“很好。”

“没有别的事了吧，长官？”

“没有了。”

“好的，长官——那么之后我打算回家把笔记再看一遍。万一我有所疏漏。这事儿永远说不准的。”

“在我看来，”警司慢吞吞地说，“坐在椅子里复查案子要比进行无数的审问和盘查来得有效得多。你会获得更好的视角。更多主干，更少枝蔓。你同意我的观点吗，比格斯韦尔？晚安！”

第十六章

牧师的试验

那个周四晚上，在彭德里尔离开好一阵之后，牧师才睡着。他们谈话的点点滴滴浮现在他的脑海里，使他无法停下来思考各种问题。他无法确定那张纸条作者的身份。那是个女人，毫无疑问。那笔迹十足的女性化，单凭这点他就可以确定对方的性别。但是那个首字母让他迷惑不解。尽管他绞尽脑汁地试图回忆当地有哪个女人的姓名首字母缩写是M.L.的，可却一无所获。村里有许多姓以L开头的，据他所知，有3个M.L.，但都不可能是送信人。

关于那些分散的弹孔，他现在有理由相信自己找到了一个解释，并打算第二天早晨就去检验一下自己的理论。这就意味着得与督察面谈，因为他想做的试验得进入格雷灵斯。

因此第二天他很早就起了床，在女眷们出现之前一个人吃过早餐，然后戴上他那顶走到哪里戴到哪里的猎帽，从满满当当的伞架中挑了一根结实的梣木文明杖，便向村子走去。他先去了趟博斯考恩百货商店，那儿从火腿到发夹应有尽有，他买了一大团细绳。牧师将买来的东西夹在胁下沿着崖边小径回到格雷灵斯。他发现督察正在那儿跟格劳奇说着话。比格斯韦尔愉快地向他打招呼。

“早上好，先生。我正要找您呢。”他将一沓钞票拍到桌上，“首先是关于这个。我们昨晚在格雷斯托克让考珀全都招了。他把钱都藏在了花园的墙里。都在那里，多德先生。38镑。”

牧师眉开眼笑。

“我必须为您的英明表示祝贺，督察。您需要我把钱交给特雷加森小姐吗？”

“你要是愿意的话。还有一件事。现在考珀夫妇都不在这里了，在取得特雷加森小姐的允许后，我想暂时应该把房子锁起来。我不希望有人动里面的东西，而让警员继续在这里当值也是浪费他宝贵的时间。你认为她会反对这个主意吗，先生？”

“哦，天哪，不会——一定不会的。我很肯定。事实上，如果您愿意的话，我现在就可以全权代表她同意您的提议。”

“很好，多德先生，这会节省不少时间。”

“那么，或许我可以帮您把房子锁起来再把钥匙还给特雷加森小姐？”

督察欣然应允，在和格劳奇检视了一遍窗户，确认都关好之后，他们上了警车，朝村子的方向驶去。

牧师很是得意。到目前为止一切顺利。他现在不用担心稍后会受到批评或干扰，可以继续自己的试验了。若是督察打了回马枪，他总可以找个借口，就说自己在对特雷加森的文件做最后的检查。他哼着小曲，打开包裹，片刻没有耽误，立刻开始工作。

他首先再次确定了那两颗没有击中特雷加森的子弹在射入落地窗后在对面墙上留下的确切位置。那幅帆船的图画现在已经取了下来，所以第一个弹孔清晰可见，就在天花板下方大约60厘米的地方。牧师从口袋里的一个盒子中取出一颗大图钉，把绳子的一头准确地钉进了孔洞里，接着又解了大约12米长的绳子，用小刀割断。然后，他又把一根同样长的绳子牢牢地钉在墙上的第二个洞上——这一个大约只在天花板下方两厘米左右。他轻轻拉拉那两根绳子，试了试自己完成的手工。他又添了一到两个图钉用来加固，对它们的受力程度满意后，他将绳子往落地窗的方向拉去。在那里，他将绳子的另一头穿过玻璃上标明的两个弹孔，分别与墙上的两个弹孔相对应。

他的下一步是在正对玻璃窗的地方摆了一把椅子，大致标出特雷加森被那颗致命的子弹打进头部时站的位置。他将文明杖绑上椅背，使手杖高于椅背。牧师估计特雷加森的身高将近1.8米，鉴于他的额头很高，牧师便从口袋里掏出一个卷尺，在手杖上距离地面大约1.8米的地方做了一个记号。在这个地方，他缠上第三根绳子并穿过玻璃门上的弹孔。

牧师极熟练地完成了这一系列动作，完全沉浸在他的奇特任务中。他不无期待地意识到，试验结果可能将会使他对这起谋杀案得出一个全新且明确的结论。若是这条调查思路取得了成功，他确信从中取得的新证据将足以说服督察相信露丝和罗纳德的清白。

离开客厅，他穿过厨房来到了餐具室，在那儿的一个角落里发现了一捆高高的柴火。他从中挑出3根粗木桩，用自己带的小刀削尖，接着又找到了一把能用的煤锤。他拿着这个和3根削尖的木桩回到客厅，打开落地窗的门，来到了外面的花园里。

他把木桩和锤子放在崖边小径上，再回到窗前，依次牵着绳子穿过草坪，越过临海的围墙。接着，矮胖的他凭着惊人的敏捷翻上了墙，他颤抖着手，极度紧张与兴奋，拿起中间那根绳子将它拉紧。

做这件事的时候牧师异常谨慎。他必须完全确保绷紧的绳子没有碰到窗上弹孔的边缘。即使是最微小的偏差，子弹真实的飞行路径也会被错估。他很满意自己终于弄清楚了准确的开枪位置，于是打下了第一根木桩。这并不是一件容易的事，因为木桩足有两米高，但他在墙上站稳，保持平衡，终于成功地将这根木桩插到了地上。然后他再次精确细致地调整了中间那根绳子，将其绑在了桩子上。

15分钟后，3根木桩与其相应的绳子都就位了。

牧师立刻意识到，他的试验成果远远超出了自己最乐观的希望。他欣喜若狂。到了此时，他十分肯定，自己对分散的弹孔的解释无疑是正确的。而且是唯一正确的一个。督察错了。无论露丝还是罗纳德，都不可能开枪打死特雷加森。那不可能。

假设特雷加森是被从崖边小径上射来的子弹取了性命。似乎可以肯定的是，凶手是站在一个固定的地方连续开了3枪。如果是这样的话，分别代表3颗子弹的飞行轨迹的3根线应该，八九不离十地交汇于一点。事实上，一根木桩就应该足以绑定全部的3根绳子。但事实并非如此。外侧的木桩和中间那根的距离都快要有两米远。换句话说就是，这3颗子弹是从3个完全不同的地点射出来的。但是为什么呢？当然，在下手速度至关重要的时刻，一旦凶手举起左轮手枪瞄准目标时，他应该会连发3枪吧？他不会先开第一枪，完了沿着小路走两米左右再开一枪，然后继续走，再开出第3枪。这不合逻辑。

这是牧师惊人发现的第一点。

第二点则更惊人，也更费解，如果凶手是从崖边小径开枪打死了特雷加森的话，线的位置终止于离地大约两米高的地方，而不是像大家以为的那样与眼睛齐平。这也就是说，凶手不仅在沿着小路走，间歇地开了3枪，而且还把手枪举过头顶，摆出一种让人难以置信的姿势并开枪。即使有人能接受前一个因素的可能性，也不会有人接受这第二点。任何一个人，无论他有多亢奋，多紧张，多害怕，都不会不瞄准就朝他想谋杀的人开枪。

那么，牧师通过自己的试验得出了什么结论呢？很简单，杀死特雷加森的子弹不是从崖边小径上射出的。

但牧师准备进一步分析。他完全确定，准备接受这样一个事实，就是特雷加森压根就不是被站在陆地上的人开枪打死的。于是，他知道自己的怀疑是正确的。自己的理论站得住脚。

特雷加森是被从海上射来的子弹打死的！

牧师毫不怀疑自己成功了。一艘小船在悬崖下方靠岸——关于分散的弹孔，还有比这更简单的解释吗？站在摇晃的船里的人若想要瞄准，那真是有莫大的难度。在海角边，周一一整天都是巨浪拍岸。船不仅会摇晃，还会漂移。从3处不同的地方开出来的枪不正好能佐证船的漂移说吗？这个理论不仅仅是说得通而已。

牧师获胜了。

如果子弹是从海上射过来的，根据目前督察已掌握的证据，现在就无法对露丝和罗纳德·哈迪提出控告。他们有完美的不在场证明。露丝在崖边小径上被穆里昂太太看见了。罗纳德被贝德卢森目击到开着车经过牧师公馆门前的马路。沿着这条海岸只有托湾和博斯考恩湾两处可以登岸。所以罗纳德不可能在8:40离开湾舍（根据皮维特夫人提供的证词），把车开到海湾，上船，驶向海角，击毙特雷加森，把船开回海湾，9:00的时候再于牧师公馆的路上被人看见。不——如果他的理论是正确的话——那么罗纳德突然失踪的原因就与谋杀没有任何关系。

其他事实也开始浮出水面。比如悬崖上非常意外地没有发现脚印。现在就很明显了。凶手非常有预见性地策划出了一个不存在脚印这个问题的计划。

那接下来怎么办呢？牧师想道。走着去托湾找乔·伯登借船恐怕不是一个明智的主意。那他可以沿着悬崖划船出去，对自己新发现的理论展开决定性的试验。如果在离陆地很近的地方，低矮的悬崖上在船与落地窗之间没有遮挡视线的杂物，那可以肯定，这就是凶手所采用的作案手法了。

他将绳子放在合适的位置上，它们还可以帮助他完成稍后的计划。然后他迈着轻快的步伐返回，去客厅里拿帽子。然而，他前脚刚进大厅，前门就被猛地打开了，他既疑惑又气窘地看着比格斯韦尔督察走了进来。

“还在这儿呢，多德先生？”

“是……是的。”牧师结结巴巴地说，“还在这儿。有件小事我得解决一下，督察。一……一件私事。”

督察走进起居室。他的声音一下子高了起来。

“看在上帝的份上，多德先生，这到底是怎么回事？”

牧师意识到事情已经无可挽回地泄露了，他就像个闯了祸的小男孩，急急忙忙地开始解释。督察一言不发地听着。起初他还将信将疑，但当牧师开始分析到3颗子弹假定飞行路线与实际情况之间的差异时，督察一跃而起，吹了一声口哨。

“我敢相信你确实找到了一条极有价值的线索，先生！我之前怎么没有想到这点。来，咱们到崖边小径上去。如果我没理解错的话，这一定大有深意！而且是决定性的，多德先生。”

督察迈着急切的大步穿过小草坪然后翻过了墙。牧师对督察的惊赞暗自得意，继续解释道。

“您明白我的意思吗，督察？这两根桩子相距将近两米。”

“哦，我明白了！”督察压低声音，“毫无疑问，3枪来自不同的角度。这倒难住我了！你的解释是什么呢，先生？”

牧师神情严肃地指指波光粼粼的大西洋。

“大海！”督察惊呼，“是船！”

“正是。”

似乎觉得自己在一位职业侦探面前提出自己的理论是在班门弄斧，牧师带着羞怯的神情将自己的假设从头到尾解释了一遍。

“嗯，这看起来合理得很，多德先生。”督察不太情愿地肯定道，“如果你说中了的话，当然，就推翻了我先前提出的露丝·特雷加森与罗纳德·哈迪合谋的推论。但是等一下。慢慢来！你刚才说过，没有一个头脑清楚的人会把左轮手枪举过头顶一臂高再开枪。没错，先生！没人会这样。但如果假设此人不是在崖边小径上，而是站在墙头上——那会如何呢？”

“在墙上？”

督察立刻将自己对栏架的想法和盘托出，以及他认为哈迪可能是爬到了墙上并且不小心将左轮手枪掉在了崖边小径上。

“那然后呢？如果是跪在墙头上的话，视线高度就对得上了，不是吗？还有，那支左轮手枪呢？哦，我知道穆里昂夫人的证词被验尸官驳倒了——但我的观点是，特雷加森小姐没有说真话。”

“但那可就是作伪证了，督察！”

督察笑了笑。

“这并不罕见。想保护自己男朋友的年轻女士们作伪证——我本来正要说到这个——是理所当然的事。还有另外一点使我确定那个女孩没说真话。左轮手枪的不完整的印迹。我是在这条小路的中间发现的。”督察蹲下查看了一下已经干硬的泥地，“你那根该死的桩子刚好刺穿了泥印的中心！但已经足够说明问题了。你可以相信我的话。在聆讯结束后我查证了泥印的尺寸，结果完全相符。就是一把点45口径的韦伯利。多德先生，这你打算如何解释呢？”

“很简单。”牧师和蔼地答道，“天哪，督察，我越是仔细研究自己的假设，对整个案件的真相就看得越清楚。假设在杀死可怜的特雷加森之后，这个人划船靠近悬崖。他只要将左轮手枪扔到路上，就能给案子增加一个极其令人困惑的因素。因为只要枪出现在崖边小径上，你自然就会假设它是某个陆地上的人掉的。就像现在这样，您就怀疑它是从墙上意外掉下来的。但完全可以肯定的是，督察，如果是哈迪蹲在墙上射杀的特雷加森——如您假设的那样——那他就不可能从3个完全不同的地方开枪了啊？

那些栏架，我看到了，就在左手边。那就说明他是从那个角落爬上了墙。那究竟是什么促使他，不从墙中段爬上来，而要从最远端匍匐过来呢？而我们现在可知，在墙的任何一点都可以清楚地看到特雷加森？很是古怪啊，不是吗，督察？”

比格斯韦尔郁郁地点点头。他亲眼看着自己精心建构的案情重现像纸牌屋一样倒塌了。

“没错，看来你是对的。”他承认。

“我盯错人了。你现在有什么建议呢，多德先生？我可以说——你的调查思路，”他苦笑着指了指从屋里伸出来的3根绳子，“完美地击败了我的！”

牧师道歉道。

“我恐怕有点僭越了。但以现在的情况来看——我相信您一定能体谅的，对吧，督察？”

“那现在呢？”

“我的想法是借一艘船，以凶手的视角来查探一番。”

“好主意。”督察表示肯定，“要是你不反对的话，我跟你一起去，先生。”

牧师笑了。

“这就再好不过啦，不是吗？可是我想跟您说的是，督察，就我这种非常业余的推理能力而言——这个嘛，可以说，接下来就交给您了。一直以来我的出发点始终都是为了露丝而已。其余的部分我其实并不关心。这是您的工作，督察——不是我的。所以这话咱们就别再说了好吗？您可以相信我的判断。”

稍后，当他们正沿着崖边小径往托湾走的时候，牧师说：

“对于这件事，我只信任一个人，那就是彭德里尔医生。我很少有机会能让他感到吃惊。而我觉得，这一次我将有机会战胜他坚定的不可知论。他老爱取笑我们神职人员，说我们是不切实际的空想家。我想使他醒悟，督察。谁说得准呢？一个人通往救赎之路的第一步，往往是在最荒谬也最无关痛痒的事件的激发下才迈出来的！”

第十七章

罗纳德·哈迪现身

牧师留督察一个人在那里查看托湾，自己从深沟的背面登了上来，沿着悬崖顶朝采石场走去。他找到乔·伯登，伯登戴着一副巨大的护目镜，正在修整一块青灰色康沃尔厚石板的粗糙边缘。他向牧师行了礼。

“早上好，伯登。”牧师和蔼地说，“我来是请你帮个忙。”

“啊？”

“我想借你的船用大约半小时。可以吗？”

“啊，先生。别客气，尽管用。船不是很大，我想——因为船舷太宽所以速度不够快。不过，我刚给它上过漆，出海的性能还是不错的。”他将护目镜推到前额上，好奇地望着牧师，“去钓鱼吗，先生？”

牧师摇了摇头。

“不是，伯登。我是想去悬崖下面看一眼。”

“也许是和谋杀案有关？我听说来了一个督察。”他指指下面的海湾，有一个小小的蓝色人影正沿着岩石密布的码头走着。

“就是他吧？”

“完全正确。是和凶案有关。我恐怕不能告诉你更多的情况，但这对警察来说是件很重要的事。”

“那个，您认得我的船的，对吧，先生？黑底带白色线条。不会认错的。”

乔·伯登又行了个礼，放下护目镜，继续修整起手头的石板。

“这里有6艘船。”当牧师回到小码头后督察说道，“6艘船——6种可能性。这还只是托湾一处的，天晓得博斯考恩那边还有多少艘。”

“九牛一毛。”牧师说，“我也料想到不会很容易。”

督察哼了一声表示同意，他们上了船。那是艘小艇式的桶型小船，船梁挺宽，却出奇的好驾驭。督察拿起桨，牧师坐在船尾照看着舵绳。不一会儿，小船就冲出隐蔽的海湾，汇入了大海缓长的波涛中。他们沿着悬崖下方急速前行，直到头顶上格雷灵斯的屋顶映入眼帘。

“现在，”督察说道，“我们要操纵着这艘船找到既最靠近陆地又能清晰看见特雷加森的位置。这将会让我们对开枪的距离有个了解。”

有那么一两次，由于水流湍急，他们还没来得及检查就开过了头，牧师突然喊道：“停！”督察立刻把船停住。他们匆匆看了一眼，十分满意，他们的假设不仅是可行的，而且鉴于他们与悬崖十分相近，因而这是十分有可能的。距离总共可能就只有十来米。考虑到特雷加森还被屋里明亮的灯光衬托得更加显眼，击中他并非难事。虽然射手在晃动，但目标是静止的，凶手有6颗子弹可用，成功的概率还是很高的。

“那砾石呢？”牧师问，“你说你在窗户下方发现了碎石子。根据你的估计，以这样的距离，如果要朝窗玻璃扔一把石子会不会太远？”

“哦，要砸到房子很容易。你别忘了，风是在他身后，从海面上刮过来的。再说了，他也可能是走近了一点再扔的。”

“也就是说，”牧师说道，“这条路我们有可能走对了？”

“几乎可以肯定是这样。”督察表示同意，“看你拉的那些线，要是够长的话，它们应该正好就交汇在海上的这一点。这也是我们的设想。多德先生，你现在看出来这些都互相对得上号了吧？”督察朝水里放下一根桨，巧妙地调转船头，“现在我想拿到一份所有船只及其主人的完整名单。然后，在你的帮助下，多德先生，我想从有可能的人选中挑出极有可能的人，以及从不可能的人选中挑出有可能的人。”接着他又郁郁地补充了一句道，“如果有不可能的人的话！”

稍后，两人在格雷灵斯告别，督察伸出手来。

“如果有任何进展的话，多德先生，我稍后再联系你。不过请注意，我仍然持有特雷加森*可能*是被凶手从墙上射杀的这一理论。哈迪的下落不明还没有得到解释，我们不能忽视这个事实。后来他的左轮手枪又在沟里被发现了。案发当晚他身上*带着*一把左轮手枪。如果他是无辜的，为什么不现身？还有特雷加森小姐星期一晚上和在聆讯时的古怪行为呢？同样不容忽视。比如，她*以为*哈迪是凶手，所以她做了伪证。而如果她认为是他干的，那么我们也完全有理由认为确实是他干的。对不起，多德先生。我知道这一切与你的——你怎样称呼的来着——直觉理论背道而驰。但事实就是事实，直到我找到一个能将方方面面都解释清楚的说法，否则在此之前，我一定还会将哈迪与特雷加森小姐保留在我的嫌疑人名单上。”他又微笑着补充说，“当然，除非你可以为这条新的调查路径增添几块指示牌。不管怎么说，这确实是一种可能性，我会推进你的假设的，即便它最终还是一无所获。我向你保证，多德先生。”

二人就此分别。牧师立刻回牧师公馆，比格斯韦尔则开车回到了警员办公室。他和格劳奇走到海湾，在那里，许多船像鱼一样摊在水泥船台上。督察仔细地逐一检查，可没有任何线索。因此他觉得自己唯一能做的事就是在格劳奇的帮助下，将所有在博斯考恩或者托湾拥有船只的人列出来。当然，仍然有这样一种可能，即那艘船是从海岸更南或更北边的一个港口出发的，但就目前而言，比格斯韦尔督察认为这种想法可能性不大。暴风雨来得很迅疾，既然都认为凶手想利用雷声掩盖枪声，那他是从海湾附近某个地点出发才是比较合理的。

可他有一点想不通。如果牧师的假设是正确的，那窗户下方发现的小石子为什么会与格雷灵斯车道上的一致呢？如果石子是船上的人朝窗户扔过去的，那么他一定是事先准备的。这是凶手企图把作案嫌疑从海上转移到陆地上的另一个诡计吗？有可能。但另一方面看，这不就说明有同谋吗？或许是哈迪？露丝·特雷加森？甚至是考珀？如果石子是船上的人扔的话，那么剩下的碎石子很可能还在船底。他怎么没有想到这一点！

因此，他又调转回头，对博斯考恩的船只做了进一步的检查，但又一次无功而返。不过他心里暗暗记着，要重新检查托湾那边的六艘船。他意识到，在任何一艘船上，只要有一粒这种特殊的石子，都足以作为证据，将凶手锁定到个人身上。

然而命运弄人，这天早上督察注定是回不了托湾了。当他与警员从海滨爬上低矮的斜坡时，格里梅特正敏捷地朝他们跑来。

“怎么了？”

“有您的电话，长官。格雷斯托克总部。是急事，长官。”

比格斯韦尔匆匆赶到警员办公室，拎起听筒。

“喂？是的，长官。我是比格斯韦尔。你们什么？天哪！——什么时候，长官？5分钟前？您说他是自己走进来的？不。不。我这就过去。”他挂上电话，转过身对格里梅特说，“我们立刻去格雷斯托克。”发现了格劳奇掩饰不住的好奇神色后又说，“好消息，格劳奇。哈迪缴械投降了。他刚走进了总部大门。”

“认罪吗，长官？”

“还不能这么说。他没有做笔录。我今天可能会结束得很晚。与此同时，你要准备好那份船主的名单。我可能用得着。”

汽车顺着山坡疾驰而上，消失在空荡荡的公共草坪上方，向格雷斯托克的方向驰去。

警司显然很兴奋，正在办公室里等着比格斯韦尔。

“我还没有做任何笔录，督察。那是你的职责。看来事情终于要向前推进了，是不是？”

“但愿如此，长官。”比格斯韦尔热忱地答道，“我们能立刻带他进来吗？”警司点点头，朝在旁的一位警员下了命令。“您说他是走进来的，长官。那苏格兰场干什么了？”

“他们一定是没抓住他。据我所知，哈迪是正常乘火车来的，而且一下车就来这里报到。他说在报纸上看到了自己的照片被与格雷灵斯谋杀案放在了一起，希望做份供述。除此之外，我不知道。”

“我不明白的是……”督察话还没说完，警司就带着警示意味嘘了一声将他打断，门打开了，罗纳德·哈迪被领进办公室。

比格斯韦尔立刻被来人的模样给吓了一跳。他脸色苍白，形如枯槁，大衣松松垮垮地挂在他瘦削单薄的身上。他的举止表明他现在正处于极度紧张焦虑的状态中。他的一只手将软毡帽捏揉成一团，另一只手抓住一副开车用的长手套，不停地拍打在自己的大腿上。

警司示意年轻人到椅子上坐下。他带着一缕虚弱的笑意以示感谢，坐下来，把帽子和手套放在身侧，双手深深地插进大衣口袋里。

“这位是比格斯韦尔督察，哈迪先生。”警司解释道，“你为此而来的那件案子由他负责。”

督察行了个礼，哈迪对警司的介绍心不在焉地点点头。

“嗯，是这样的。”他冷不丁地开口说道，“从星期一开始，直到今天早上为止，我还一份报纸都没打开看过。你可以想象出当我看到自己的脸出现在头版的时候，我有多震惊。而当我读到特雷加森先生被谋杀后，就更不止震惊了——我吓坏了。你知道，我跟特雷加森家的人认识已经有些时日了。事实上，就在特雷加森先生被谋杀前大约一小时我还见过他。自然，当我看到自己被认为与凶案有关联而受到通缉后就冲到车站，赶了第一班火车回来。现在我来了。”

“太遗憾了，哈迪先生，你没有早点现身。”督察说，“你要知道，我们浪费了很多时间和精力在追踪你的下落上。”

“不，我不知道。”哈迪十分坦然地回答说，“我怎么可能知道呢？直到今天早上我才知道特雷加森的死讯。我已经告诉过你了。”

“可是这样的谋杀凶案——每张报纸标题上都有。所有人都在谈论它。你是周一晚上失踪的，哈迪先生——今天已经周五了。这中间隔了将近4天。你难不成想告诉我，你在伦敦四处游荡了将近4天，却丝毫没有听到有关谋杀案的任何消息？”

“可我根本没有四处游荡。就是这样。我周一晚上很晚才抵达伦敦，事先也没有安排要住哪儿，所以我乘出租车去了汉普斯特德。我几年前在范罗士街那儿租过房子，知道房东太太乐于助人——所以我把她叫醒并让她收留了我。从那时起一直到今天早上我都没有离开过那所房子。维特尔斯夫人，就是房东太太，每顿饭都给我送到了房间里。我没有要报纸。显然，维特尔斯夫人也不读报，否则她一定会看到我的照片并通知我让我注意的。”他又挖苦着加了一句，“或者至少会……通知苏格兰场的！”

“这是你的某种习惯吗，哈迪先生？连续几天待在房间里不出来？”

“我经常这样——是的。你或许知道，我是个小说家。有时候，由于某种奇特影响的刺激，与我们那些其他同行一样，我受到了所谓灵感的眷顾。事情是这样的，我到伦敦的时候正在完成一本小说的最后几章，我在那里安顿下来后，睡了一夜，然后就开始完成它。今天早上我确实写完了。但这就意味着一连3天的持续写作。在这种情况下，我对特雷加森的死讯一无所知是很正常的。你说呢，督察？”

“你要知道，”比格斯韦尔沉重地说，“你的突然失踪将你自己置于某种危险的境地。你也许能给出一个令人满意的解释，哈迪先生——但在你的解释确实令我信服之前，我一定会对你的行为持怀疑态度。你明白吗？”

“当然。我很理解，从官方的角度来看，我确实像个嫌疑人。这就是为什么我想做一份完整的供述。”

“在你这么做之前，”督察很快插嘴道，“让我们把供述分成3部分。首先，在你周一晚上抵达伦敦后直到今天来这里之前，我想确切地知道你到底都做了些什么；其次，我想确切地知道周一晚上7:30～8:45之间，湾舍里都发生了些什么；第三，同一天晚上，从8:45开始直到你登上火车，哈迪先生，其间你的具体行踪是怎样的。现在我们一个一个来。”

“嗯，第一点我已经基本讲清楚了。我叫了辆出租车前往汉普斯特德，把维特尔斯太太叫了起来。所幸，她有一间大的卧室兼起居室空着，然后我就住了进去。”

“地址？”督察问。

“普兰家，范罗士街，汉普斯特德。”

督察记下笔记，稍后可以轻易地核实哈迪说法的真实性，如果有必要的话。

“出于我稍后会解释到的原因，”哈迪继续说，“那晚我睡得很不好。但到了第二天一早，尽管睡眠不足，我还是拿出小说手稿开始写作。我向维特尔斯夫人解释说我希望所有的饭菜都在卧室里吃，并且希望不被打扰。”

“我猜你是提前把手稿打包后带上的？你周一晚上离开博斯考恩时就是打算继续完成创作的吗，哈迪先生？”

“不，事实上，我没有。我什么也没收拾。离开湾舍的时候，我压根没打算去伦敦。”他有些冷酷地一笑，“我原本的真实意图是有点剑走偏锋的，督察，但还是那句话，关于这一点我会在适当的时候加以解释。我说我有手稿——这个说法并不十分准确。我的口袋里有一*部分*手稿，那是我前一天写的最后几章。你知道，周一早晨我曾出门散步，因为我喜欢大声朗读自己的作品，我就往海湾岸边去了，后来就把稿纸塞进了外套口袋里。它们和我一起去了伦敦纯属巧合。一个幸运的巧合，我当然也向维特尔斯夫人解释过，我离开得匆忙，并列了一张清单，请她周二一早出门替我买了几样需要的东西。周二整整一天我都在写。那天晚上我睡得很好。接下来的一天，我发现自己意犹未尽，就继续写。周三周四都是这样。我每顿饭都是在房间里吃的。除了和女房东寒暄几句外，我谁都没见，也没跟任何人说话。周四深夜，小说写完了，我筋疲力尽地坐在扶手椅里睡着了。今天清晨，我在早饭前出门去樱草花山散步。我在回来的路上去了一家报刊亭买烟，还顺手买了几份报纸。一打开报纸，首先映入我眼帘的就是一张我穿着制服的照片，照片下面有一行标题，请大家提供有关我行踪的信息。旁边的一篇专栏文章介绍了警方破获所谓‘康沃尔海滨谋杀案’的进展。到了这时我才知道特雷加森死了。我感到震惊和恐惧。我有充分的理由这样。”哈迪再次笑了——一个相当苦涩的笑容，“你看，督察，我还是跟你直说吧——特雷加森小姐和我之前处过一段时间的朋友。实际上，是非常亲近的朋友。我意识到这对她来说一定是个可怕的打击。同时，我也意识到，根据报纸的报道，由于一系列不幸的巧合，我被怀疑参与了这起凶案。我再说一遍——特雷加森小姐和我之前是极好的朋友。所以我想在她面前洗脱自己的嫌疑也是自然之事。我冲往车站，赶上了最近那班来格雷斯托克的火车。因为担心在路上会被认出来，我全程将脸埋在大衣里，把帽子拉下来遮住眼睛。就是这些，督察。你想知道的第一部分的我的行踪，我全都说了。”

“有一件事，哈迪先生，你说你和特雷加森小姐*曾经*是很好的朋友。为什么是过去式？”

“只是因为周一晚上我得知她不想再与我有任何瓜葛了。作为佐证，我收到了一捆自己在不同时期写给她的信。我把信烧了，与此同时，督察，也毁掉了我过去两年里这一生最美好的回忆。”

第十八章

完美的不在场证明

“现在，”罗纳德·哈迪深吸一口气说道，“让我来谈谈供述的第二部分——周一晚上7:30～8:45之间在湾舍都发生了些什么。督察，我知道你一定已经发现*确实*有事发生。我尽可能叙述得简明扼要。当时我正坐在书桌前，皮维特夫人——我毫不怀疑你已经认识她了——进来告诉我，特雷加森先生有话要跟我说。我感到分外诧异。他从来没有特地与我说话或者前来探望过我——事实上，正好相反！出于某种不可思议的原因，他始终怨恨我与他侄女之间的友谊。我从来没有收到过前往格雷灵斯的邀请，虽然我偶尔会去那里看望露丝，在确定不会遇到她叔叔的时候。因此他这番不请自来着实有点出人意料。然而，他在房间里待了还不到两分钟，我就知道是什么风把他吹来湾舍了。他是特雷加森小姐的使者。显然是她自己没有勇气来，便派他来传话，说她不想再见我了。一个理由都没给——你懂吗？就这么一句话。也没机会对她当面解释。当然，我有点无法隐藏自己的情绪，因为几个月来我一直深爱着露丝·特雷加森。特雷加森很快发现了我的沮丧，对他而言，这无疑是一个胜利的时刻。对于他侄女对我态度的突然转变，我要求他给一个说法。他拒绝做进一步的解释。很遗憾，我当时发脾气了。我发誓那一定是他从中作祟。他影响了他的侄女，这整件事都是他一手策划的。特雷加森以同样的愤怒作了回应，我俩就吵了一架，但也只是普通的争吵。结果就是他啪的一声将一捆信摔在我桌上，嘴里还在骂骂咧咧，噔噔走出了房间。

“只剩下我呆呆地盯着那些信，浑身发抖，不知所措。这一切都太突然了。我陷入了纯粹绝望的黑暗之中。未来还剩什么？活着还有什么意义？我所追求的一切似乎转瞬之间就灰飞烟灭了。我的作品，我的雄心——我的职业生涯还有什么好在乎的？一种奇怪的情绪攫住了我。我陷入一种恍惚的状态——不过请注意，我的大脑还是完全清醒的——但我的理智似乎瘫痪了。

“我开始有如行尸走肉般地机械行事。我先把那些信一封接一封地扔进火炉烧掉，然后整理了我的书桌，从我的信件中整理出露丝的所有信，也依次把它们销毁。做完了这些后，我在窗前坐了很久，双眼呆滞地看着窗外的风暴飘过大海缓缓逼近。我清楚自己必须做点什么。我对自己计划的合理性丝毫没有怀疑。这就像是一种无法回避的职责，一项必须执行的军令。

“我打开书桌的抽屉，里面有一把旧的军用左轮手枪。我把枪从枪套里抽出来，放进口袋里。我恍惚记得皮维特夫人先前进来过，把我的晚餐放在了桌子上。我一口没动。

“离开小屋的时间我说不准。”

“第三部分。”督察截住他的话头道。

哈迪茫然地点点头，好像还没完全明白督察打断他的含义。

“我戴上帽子，穿好大衣，然后去了车库。”他接着说道，“将我的车开了出来。我原本的打算是，你看，把车开到沿海公路某个偏僻的地方，然后在那里结束我的生命。这是个疯狂而荒唐的想法，我承认。但它就这么产生了。”

“接着就发生了一件始料不及的事——考虑到我高度亢奋的情绪，这其实微不足道又荒谬。就在快到牧师公馆之前，突然一声震耳欲聋的巨响，我的前胎爆了。我稍稍打滑了一下，不假思索地把车停在了路边，关闭了发动机。”

“爆胎！”督察惊呼，“我以前怎么就没想到呢？只有一声枪响！这个问题都快把我搞疯了，长官，看来一点儿没错。”

警司微微一笑。

“继续，哈迪先生。”

“嗯，这个小小的意外对我的想法产生了特殊的影响。我逐渐意识到自己原本打算做的是懦夫解决问题的办法。毕竟，我试着说服自己，如果我连让一颗子弹穿过大脑都不怕的话，那何不鼓足勇气来面对自己的不幸并放弃自杀的念头呢？那是否就意味着我太懦弱，连未来都不敢面对？一点希望都没有了吗？露丝变心难道就一点都不难过吗？我越细想，就越清楚地认识到，我的行动太欠考虑，对造成自己沮丧的来源没有进行恰当的思考。这，会不会是特雷加森要的花招？那些信真是露丝给的吗？有没有可能是她叔叔从她书桌上偷来的，借此为自己的故事增加可信度？

“我一边在头脑里翻来覆去地想着这些事情，一边无意识地拆下坏了的轮胎换上备用胎。很快就换好了。手上的活儿做完之后，我也下定了决心。这桩小小的事故让我完全清醒过来。它给了我思考的时间。

“我从口袋里掏出左轮手枪，把它扔到了路边的沟里。我觉得这样做是在把诱惑抛在身后。我深吸一口气，感到既轻松又坚定，然后重新回到车里。

“当我把车重新发动起来的时候，我并不知道自己要去哪里。我本打算通宵开车，边走边制定计划。那会儿我还根本没有想到伦敦。我踩了一脚油门，急于逃离那被丢在沟里的左轮手枪。直到开过牧师公馆一段路后，我才意识到自己之前一直没开前灯。就在快开到教堂跟前的时候，有人冲我大喊了一声，还挥了挥手里的提灯。我猜是这件事让我反应过来自己有点不对劲。后来我打开前灯，经过托湾，沿着沿海公路以最快的速度向前行驶。

“然后，不知怎的，彻底换个环境的念头突然出现在了我的脑海里。我知道这是唯一的办法——彻底离开一阵子，在心里把事情都理顺。于是我在巴洛克角拐下了沿海公路，掉头穿过荒原回到了格雷斯托克。我估计自己应该刚好能赶上晚班的伦敦快车，于是在最后几分钟的时候赶到了格雷斯托克。我把车停在马斯顿街上的芬顿便捷车库，走上站台的时候火车刚好进站。

“督察，这就是我供述的全部内容。句句皆真。我现在所能做的只有希望您能接受我的说法，或许还能通过进一步的证据来证实它，并打消您的念头，不再认为我与可怜的特雷加森被谋杀有干系。”

发言一结束，罗纳德·哈迪便半合着眼睛靠在了椅背上。从头到尾讲了一遍自己的经历，再加上自从周一晚上朱利叶斯·特雷加森走进湾舍以后他所遭受的一切，显然已经使他筋疲力尽了。此时此刻，他看起来就像刚从地狱里走出来的一样。

然而，督察的话使他的嘴角现出一丝虚浮的微笑，他那张憔悴而苍白的脸上面色微霁。

“你刚才告诉我的话，哈迪先生，非常有趣。我无须吊你的胃口。你的故事与我从不同证人那里收集到的证据完全吻合。你没有任何嫌疑，我唯一遗憾的就是，除了你个人的烦恼外，你本无须遭受任何额外的打扰。但你明白我们现在的处境吗？你要是案发之后立刻现身就好了，这样我们双方就都能省去一*大堆*的麻烦。”他倾身靠向桌子，“对了——我想这是你的财产吧？”

他拿出韦伯利。

“要不要我替你保管？”他意味深长地补充道。

哈迪摇了摇头。

“不——没关系，督察。你现在可以相信我了。一个人不会两次都犯同样的错误。至少我不会，我向你保证！”

他拿起左轮手枪，漫不经心地看了一眼后将它放进大衣口袋。在朱利叶斯·特雷加森之死这一悬而未决的谜案中，这把左轮手枪引起了多么巨大的震动与困惑，他所知甚少。

“您还有什么问题要问我吗，督察？还是说我可以走了？”

“你是完全自由的，哈迪先生。我想知道你打算去哪儿，以防稍后需要联系你。我猜你是要回湾舍去吧？”

“是的——我的打算是一旦洗脱嫌疑就回那里去。我的小说得最后修改一遍然后交给出版商了。等着一切完成后……我就说不准了。我很可能会回伦敦一直住下去。”

督察清了清嗓子，做出欲言又止的样子，最后开腔说道：

“要是换作我的话，我会认为特雷加森先生在周一晚上说的话没有什么可信度，哈迪先生。”他想起如果穆里昂太太关于手枪的说法是正确的话，那露丝·特雷加森对罗纳德·哈迪的命运并非漠不关心，“目前我只能说这么多。”

“那么，露丝——露丝·特雷加森小姐呢？”哈迪急切地问道，“你会把这一切都告诉她的，对吗？督察？”

督察应允。哈迪随后与警司握了握手，在谢过比格斯韦尔做出承诺以后，由一位在场的警员陪同着离开了房间——洗脱了所有嫌疑，同时督察对露丝·特雷加森的态度的含蓄暗示使他充满了活力。

“怎么说？”当屋里只剩下警司和比格斯韦尔的时候，警司问道，“我们现在到哪一步了？”

督察耸了耸肩。

“哈迪至少有完美的不在场证明。他故事中的每个细节都与已掌握的证据相符。特雷加森的到访，争吵，爆胎，沟里的左轮手枪，提灯的人，甚至包括他开车没开前灯，他的叙述中一点都没少。我是唯一一个掌握所有事实的人，所以不可能会有人在他今早走进这里之前给他通风报信。这是肯定的。”

“那个姑娘呢？”

“这个嘛，长官，我的想法是，只要得知哈迪是清白的，她应该就会吐露真相了。我这就回博斯考恩，到牧师公馆去。我想和那个姑娘谈谈，就现在。她一直有所隐瞒，我想知道到底是什么。”

5分钟后，督察沿着连接格雷斯托克与海岸线的那条熟悉的沼地公路疾驰而去。

哈迪的供述彻底推翻了他先前的理论。他不悦地叹了口气，意识到这意味着一切都要从头开始。既然哈迪是无辜的，那么露丝·特雷加森很可能只是一个妄信了误会的受害者，而非谋杀她叔叔的同谋。那么还有什么可做的呢？牧师的理论？看起来确实是这样。多德牧师的试验结果似乎比之前任何时候都更能说明问题。关于栏架的理论在确定哈迪是无辜的之后就不攻自破了。在这样的情况下，几乎可以肯定，特雷加森*不是*被从墙上射过来的子弹击毙的。那么，如何解释这3颗子弹的飞行路线如此之高的事实呢？那就只剩下一个假设。牧师是正确的。特雷加森*是*被人从海上射杀的。

督察仍在努力制定新的调查路线，却突然发现汽车已经驶离了沿海公路。一瞬后，汽车停在了牧师公馆的门外。

第十九章

团　聚

露丝·特雷加森当天下午没有出席叔叔的葬礼。特雷加森的兄长，也是他唯一的亲属，从伦敦开车过来，并在格雷斯托克接上了律师拉姆齐。牧师主持了简短的仪式，不少好奇的村民都前来参加。仪式一结束，这3人立即启程回到牧师公馆，拉姆齐将在那里宣读遗嘱。

整件事相当简单直接。特雷加森将一切都无条件地留给了自己的哥哥，包括他所有的地产和投资在生产业和政府事务的各种款项。正如牧师之前就有所察觉的那样，他算不得富有。事实上，他在地产和投资方面的进项远远不足以承担他那种生活方式的开销。遗嘱读毕，特雷加森的哥哥约翰指出，遗嘱没有提到如何处置格雷灵斯。拉姆齐扬了扬眉毛，而当露丝也问起这所房子将来归谁时，他原本的讶异更深了。

“特雷加森小姐，你总该知道格雷灵斯是在你婚前由你叔叔暂为托管的财产吧——或者你要是没有结婚的话，那就是等你年满30岁。这是你父亲大约在他去世前一年的时候做出的安排。你一年有800镑的收入；你的叔叔，朱利叶斯·特雷加森，在我刚才所说的这个时间点以前可以全权管理你的收入。如果你成家了，或者年满30岁，那你叔叔的托管权便自动终止。显然，你父亲对你叔叔的经济能力，不消说，还有他正直的品性很有信心。特雷加森小姐，你对这样的安排想必是知情的吧？”

露丝瞠目结舌地摇摇头。

“叔叔总说他是我父亲遗嘱的唯一受益人。我知道在我成年以前他是我的合法监护人，但我对这项安排一无所知！”

“可当你年满21岁的时候，你叔叔一定向你说起过你父亲的安排吧？”

“从来没有！”露丝反驳道，“他只说我已经长大了，有能力处置自己的事务了，所以他准备给我一笔生活费——可他从来没有提过那其实是我父亲的钱！”

“那这笔生活费的数额呢？”

“一年150英镑。”

“150英镑！”

拉姆齐难以置信。

“那房子呢？”

“我一直以为这是我叔叔的财产，而他一旦过世，这就归我所有。我没有理由怀疑这种说法。”

“好吧！好吧！好吧！”拉姆齐一副得知侵吞巨款、无力偿还的惊讶神情说道，“这么说，你叔叔每年克扣了650英镑，而根据你父亲的安排，这笔钱原本是合法属于你的。这些钱的去向你有概念吗？”

“我真的说不上来，拉姆齐先生。我从来没有真正地为钱烦恼过。我对自己在这里的生活一向很满足。我从来没有想过我叔叔会对我有所隐瞒。”

拉姆齐把脸转向约翰·特雷加森。

“我们必须研究一下这个问题，毫无疑问。特雷加森小姐，在取得你的同意之后，我将联系银行经理，询问一些情况。尽管我也不愿意臧否逝者——你也知道，*要为逝者讳*——但我还是不禁怀疑你叔叔侵吞了由他信托的款项。当然，我还没有查过信托账户——但我们必须马上着手查起来。”

办完一些既定的手续之后，满心疑惑的律师离开牧师公馆前往格雷斯托克。约翰·特雷加森陪着他。

拉姆齐刚离开没几分钟，督察的车就在门口停了下来。

他被请进了书房，随后，露丝也来了。

“我又来麻烦你了，特雷加森小姐。”督察说，“不过这次是好消息。”

“谢天谢地。”露丝叹了口气，“这是否意味着终于找到凶手了？”

“恐怕还没有。”这次轮到比格斯韦尔叹气了，“但我很高兴地说，我的名单上已经排除了一个嫌疑人。”

“那是谁呢？”

“罗纳德·哈迪。”督察说。

“罗纳德！”露丝惊呼，“您找到他了吗？您知道他在哪儿吗？”

“这个嘛，要是我没弄错的话，”比格斯韦尔督察微笑着，“这会儿他大概正在湾舍喝茶呢。”

“他回来了！”霎时间，姑娘的整个神情都变了。焦虑似乎从她身上消散，眼中的忧虑也转变为宽慰与感激，“我之前怎么不知道呢？他为什么不告诉我？难道他不知道我在牧师公馆吗？”

“你这是不是有点不合逻辑，特雷加森小姐？我从哈迪先生处得知上周一你递了个再也不想与他见面或说话的口信给他。他还提到了你退回去的一扎信。”

露丝诧异地盯住督察。

“这简直可笑！荒谬！罗纳德的信，据我所知，还在我格雷灵斯的书桌里呢！”

“那这就是个诡计。”比格斯韦尔显然很满意，自言自语道，“就像我想的一样。”

“这确实是个诡计！”露丝情绪激动地表示同意，“那天吃晚饭时我才知道叔叔都干了些什么，但我对信的事一无所知。噢，他真是太可恶了！卑鄙！他一定是为了这个目的故意从我书桌里把信偷走的。跟我说说罗纳德的事吧，督察。那天晚上都发生了些什么？他去了哪里？他做了什么？”

比格斯韦尔尽可能简洁地将哈迪新近提供的口述的主要内容复述了一遍。督察越说，露丝就越惊讶。她差点等不及督察先把情况讲完就想去找罗纳德把是非曲直都说明白。她意识到他在刚过去的几天里一定受了极大的痛苦。对叔叔两面三刀的气愤中又夹杂着对这个被叔叔残忍无情的诡计所骗之人的柔情怜悯。

“你的叔叔如此反对你与哈迪先生之间的情谊，实在是奇怪得很。”督察总结道，“特雷加森小姐，你知道他为什么会在这件事上如此强硬吗？”

“一个小时之前我还不知道，督察。不过我想我现在全明白了。”她将方才被律师拆穿的一切解释了一番，“他一定是把我的这笔钱用在自己身上了。也可能是陷入了困境，督察。自然，我一旦结婚，整件事情就再也包不住了，因为到时候我就有了合法权利来亲自处理这笔财产了。”

“投机倒把，”比格斯韦尔接着说道，“证券交易。我真是很好奇，怎么会有人抱着赌徒心理去冒险，而且拿的还是别人的钱！”

“那现在，”露丝说着迅速站了起来，“请允许我……”

“稍等。”督察连忙打断，“在你离开之前，我只想再问你两个问题，特雷加森小姐。”露丝抬起头来，紧张地端详起督察严肃的面孔，“首先，关于你周一晚上的行为，你为什么要对我撒谎？我们要求大家不要出门，你却偏偏偷溜出去的真实原因，你为什么要隐瞒不报？其次，验尸官审讯的时候你为什么要做伪证？”

“原来你知道！”

这是一句脱口而出的惊呼。督察笑了。

“我什么都知道。”他说，“所以？”

“我现在可以告诉你了。我什么都说，督察。是罗纳德。我以为罗纳德——愿上帝原谅我的猜疑——该为我叔叔的死负责。我知道他厌恶我叔叔，因为他对我们友谊的态度完全不讲道理。我同样也知道，他有一把左轮手枪。大约一年前，他曾将它作为战争纪念品收藏的一部分给我看过。可周一晚上我发现那支左轮手枪不见了！”

“咱们从头开始吧。”督察提议，“让我们从你叔叔见完哈迪先生从湾舍回来后的那一刻说起。”

露丝坐进椅中，思索片刻，开始讲述她的故事。

“整场灾难从那晚的晚餐开始。叔叔将他的所作所为告诉了我。他试图让我相信，出于某种不便明说的原因，我应该与罗纳德一刀两断。他误导我，让我认为罗纳德过去有见不得人的地方。不消说，我没有相信这种暗示。于是我俩吵得不可开交。我告诉他，他无权干涉我们两人的关系，我完全有能力处理自己的个人问题。这场争吵以我怒气冲冲地离开餐桌告终。我打算立刻去湾舍把我叔叔的话原原本本地向罗纳德解释一遍。如您所知，我是沿着崖边小径走过去的。

“等到了湾舍后，我发现罗纳德前脚刚走，而且看似走得很匆忙。我有些不安。我了解罗纳德，只要一遇到任何问题，他都很容易陷入极度的悲观。这都是战时炮弹休克症的后遗症。到了那种时候，他似乎无法控制自己的情绪，行为也会变得失当且暴躁。我已经两次不得不动用我的苦口婆心来对抗他的喜怒无常，都成功地让他恢复了更理性的精神状态。不过最近，这种情绪波动已经没有之前那么频繁了。

“督察，您千万不要以为我一走进那所农舍的时候头脑里就联想到了谋杀。并没有。我很困扰，不是为了我叔叔，而是为了罗纳德。我知道他对我那所谓的分手通知会做出何种反应。我知道他有一把左轮手枪。我都快急疯了，就生怕他一时冲动，从家里冲出去一心寻短见。

“趁皮维特夫人不在的时候，我拉开了抽屉，因为我知道他的左轮手枪就放在那里面。可枪不见了。您可以想见我的心情！于是我赶紧找了个借口离开他们家，沿着崖边小径以最快的速度朝格雷灵斯赶。我想请叔叔帮忙找找罗纳德。我想他或许是被叔叔那可恶的诡计吓坏了。

“我走到了花园的墙边。突然，我的脚碰到了地上的什么硬物。我弯腰把它捡了起来。在从起居室窗户射出来的光线里，我看清了那是一把枪。一把军用左轮手枪。罗纳德的！我赶紧把它藏进雨衣口袋，然后跑进了屋里。

“我回屋后发现了什么，您当然已经都知道了。可是在发现我叔叔被害的震惊之余，我更痛苦的是想到罗纳德可能就是凶手。如果当时我的心绪更稳定一些的话，我敢说我就会质疑自己最初的怀疑了。我只知道，从周一晚上起，我就一直在犹豫不决。我一边痛恨自己的疑心，但下一分钟，就又陷入了灰心与绝望的深渊，因为我无法彻底打消这种疑虑。

“在警员来之前，我设法将枪从雨衣的口袋里拿出来，藏到了我楼上梳妆台的抽屉里。我意识到，若是想保护罗纳德不被警方逮住，那我必须把那支左轮手枪处理掉。当然，您现在知道我是怎么做的了。趁您在客厅里和警员说话的当口，我蹑手蹑脚地走下楼，从侧门溜了出去。我走到崖边小径的下方，将左轮手枪扔进海里。后来当您问我为什么要离开屋子时，我只能急中生智地编了个借口。督察先生，这恐怕不是一个令人信服的借口！我当时看得出来，您对我的话将信将疑。可我还能怎么办呢？我当时就是坚信，是罗纳德在盛怒之下，从崖边小径上朝我叔叔开了一枪。我必须掩护他。

"在聆讯时也是一样。我得承认，穆里昂夫人的证词一时间让我晕头转向。我站起来想要否认她的说法。幸运的是彭德里尔医生拉住了我，让穆里昂夫人做完了她的供述。这给了我思考的时间，稍后，当我问验尸官我是否可以发言时，我已经准备好了一个简单但非常合理的解释。我做了伪证。我承认。我已经做好了为自己的行为承担后果的准备。现在我知道罗纳德是无辜的而且已经安全无恙地回到了博斯考恩，我也准备好面对警察可能对我提出的任何指控。这几天我的日子过得就跟噩梦一样。仿佛一切都不是真的。我以为自己再也不会幸福和无忧无虑了，心里总在记挂着罗纳德的安全。还有那令人心惊的、毫无价值的怀疑，怀疑他是杀害我叔叔的真凶。

"感谢上天，这片乌云总算是过去了！督察，您永远也不会明白，当您告诉我罗纳德是清白的时候，那番话对我来说意味着什么。您现在知道我的情况了。我已经准备好面对做伪证的指控。您不必担心我会试图逃避自己行为的后果。只是现在请不要再留我了——求您了，督察！我必须去找罗纳德！我必须宽慰他，使他安心。一想到他所承受的误解，我就几乎要疯了。他一定认为我铁石心肠、冷酷无情，没有对他表示丝毫的同情与理解。我想把一切都安排好——就现在。立刻！”

露丝的声音开始变得深沉且热烈。她不再是陈述事实，而是在向督察剖示自己内心深处的想法和情感。她不再是一名在接受问询的证人，而是一个被强烈且真实的情感所驱使的女人。

“你已经回答了我的两个问题。”督察平静地说，“这就是我的目的，特雷加森小姐。若是需要对你在聆讯时的行为采取进一步的行动，眼下也无须麻烦你。你可以自由地去做想做的事。我就不再占用你的时间了。”他站起身，伸出手来，“再见，特雷加森小姐。”

“您的车停在外面？”督察点头。“您是朝村子的方向去吗？”

“是的——去警员办公室。你想搭车？”

“如果可以的话。”

“当然。”

正因如此，当正坐在书桌前的罗纳德·哈迪突然发现门外来了一辆警车停下的时候，叹了口气。又来了一群当官的，他想。

接着他轻呼一声，一下子站起来，意外地看到露丝·特雷加森，没戴帽子，外套也没穿，沿着小路向他跑来。他们同时走到门口。有那么一瞬间，他们站在那儿面面相觑，迷惑不解，茫然若失，脸上尽显好奇与诧异的神色——然后露丝向前一步，嘴里低声说着关于误会的什么话，接着门就关上了。

“走吧，格里梅特。”督察言简意赅地说，“你到底在看什么？”

“我在想有人见到别人会很高兴，长官。”格里梅特笑着答道。

“那你就不该想。”督察吼道，“在今天之前，七想八想害了很多男人……还有女人。尤其是还想不到点子上，格里梅特！”

车子在愈见浓重的暮色中开下山坡朝警员小屋驶去，房屋漆黑的正墙上有一扇方形窗正闪耀着橘色的灯光。

比格斯韦尔督察最引以为豪的推论到此为止！

第二十章

格雷斯托克的小裁缝

比格斯韦尔督察从车里出来走进警员办公室时，正响起6:00的钟声。格劳奇坐在高凳上，正伏案写字。看见上司进来了，他放下手头的工作，拿起压在镇纸下的一张纸条。

“有好消息吗，格劳奇？”

“满满的一张名单，长官。我找了一个当地的渔民来辨认泊在博斯考恩湾里的船只，托湾那边是杰克·威瑟斯帮的忙。那些没有名字的船我都记下了特征以便区分，长官。”

“很好。”督察说，“那你最好把那张名单收到口袋里，这就跟我去一趟托湾。我想再追查一下石子的线索。顺便问一下，*所有*的船都记录在案了吗？”

“我想是的，长官。目前两个海湾里都只有当地的船只。夏天就不一样了。时不时会有度假的人前来租船并把船停在船台上。但目前没有这种船只。我记下了每一位当地船主的名字和地址。”

“很好！那我们走吧。”

他们上车，沿着牧师公馆前的路向托湾疾驰而去。在途中，督察粗略地向格劳奇说明了当天下午在警司办公室里发生的事。他并不想将下属们蒙在鼓里，不让他们知道在他们的视线以外都发生了什么。

留格里梅特在一条延伸至海湾的崎岖不平的道路上将车掉头，比格斯韦尔和警员继续步行。距离被乳白色浪花雕琢出的海岸线不远的地方，督察止步，指着下方的山谷。

“你怎么看，格劳奇？”

“看起来像是个拿着手电筒的人，长官。”

“也不知道他到底是谁，在搞什么鬼？”督察困惑地说，“一定是白天掉了什么东西这会儿回来找的。保持安静，格劳奇。我们最好走近点瞧瞧。”

两人沿着石板路旁的草皮慢慢下坡朝海湾走去。那个身影显然还没有意识到自己被盯上了，那束明亮的光圈慢慢地扫过并排躺在长石板上的船只。

“在船上找什么东西，长官。”格劳奇压低声音说。

“可疑，是不是？”督察问。

格劳奇表示同意。他们小心翼翼地再走近一些，这时督察突然从阴影中走出来，将他自己手电筒的光直接投到那人身上。此人转过身来，一脸震惊。督察笑了。是多德牧师！

“谁在哪儿？”牧师厉声问道，耀眼的灯光使他暂时晃了眼。

“比格斯韦尔督察。”

这回轮到牧师咯咯地笑了。

“天哪，督察，我们今天好像是天意注定要碰上似的。我还以为你回格雷斯托克去了呢。”

“怎么回事，多德先生？抢在我前面？”

“哎呀，当然不是！绝无此意。我在喝茶的时候突然受到一个小小的灵感的眷顾，于是想来确认那个灵感是真是假。如你所见，我正在仔细检查这里的船只。今天上午匆忙看了一遍的结果我不是特别满意。事实上，督察，我正在找碎石子。”

“你真够可以的！”比格斯韦尔惊叹，“那我们可以合作，因为我也是为了同样的原因来这儿的。英雄所见略同，对吧，先生？”

“或者相反，督察——傻瓜很少意见相左。这些古老的谚语是怎样用如此迷人的矛盾性相互抵消的，真是神奇。既然我们决定携手合作，我就再加上一句，众人拾柴火焰高——对此，您或许会恰当地回答说：‘三个和尚没水喝。’您发现其中美妙的法则了吗？”

“我想我们在找的是同一条线索吧？”督察问。

“哦，毫无疑问。您想，如果特雷加森是被从海上射来的子弹毙命的话，那么开枪的和朝窗户扔石子的就是同一个人。既然如此，那他的船上一定会有一小堆碎石子，反过来我们就又能想到……”

“完全正确。”督察打断了他的话，“那么，多德先生，你有收获吗？”

“到目前为止……没有。我检查过这排末尾的3艘船。碎石子的影子都没有。”

“好吧，让我们来检查一下这个。”督察建议说，他把手电筒的光线对准离他们最近的那条船，“如果我没记错的话，这就是我们今天出海的小船吧，是不是？”

“没错，乔·伯登的船。刚在船身刷了一圈白漆。非常与众不同。”

他们进行了彻底的搜查，甚至将船底弯曲的肋拱上松动的木板都掀开了。但是没有碎石的痕迹。因此，他们把注意力转向队伍中的下一个，那是一艘不伦不类、相当笨拙的小船，船舷涂着柏油，桨架锈迹斑斑。船头两边字迹粗糙地刷着船只的名字——*南希号*。舱底板的边缘已经腐烂，几乎被一汪显然是从龙骨里渗进来的脏水给淹没了。

突然，牧师从拙钝的船头探出头来，发出一声尖锐而激动的惊叫。

“嗯？”督察问。

牧师指着船底的一圈船绳，在绳圈空出来的中心有一小堆碎石子。并不多。只有一点儿，但足以佐证，如果凶手是用船作案的话，那用的就是这艘。

督察捡起几粒小石子放在手心，在手电筒的光下仔细检查。

“没有错，多德先生。就是这种砾石没错。看来我们已经找到了我们要找的东西。”他转过头来对格劳奇说，“那张船主名单你带着呢吧，格劳奇？”

“是的，长官。”

“那就查一下*南希号*主人的姓名和地址。我觉得只要见到那位先生谈上一谈，我们就可以很好地解决这个该死的问题了。你说对吧，格劳奇？”

“船主是一位叫杰里米·克鲁克的先生。”

“啊，克鲁克[①]，听起来像那么回事！地址呢？”

“并不是本地人，长官，是一个格雷斯托克的地址。”

“天啊！不会就是卡斯尔街的那个叫克鲁克的裁缝吧？”

“就是他，长官。现在我想起来了，杰克·威瑟斯提

① Crook，也有无赖、恶棍之意。

起过他是个裁缝之类的。似乎还是个热衷海钓的钓客，会在周末来碰运气，长官。我自己也见过他一两次，长官——一个留着大胡子戴着眼镜的小个子。我倒觉得他是个很温和的人，也很健谈。”

“也许，格劳奇。但这并不能改变事实。就我的考虑而言，特雷加森就是被这艘船上的人开枪打死的，既然这艘船属于杰里米·克鲁克，那么我们完全有理由认为当时船上的人*就是*杰里米·克鲁克。除非他有周一晚上的不在场证明。”

“这意味着？”牧师温和地问道。

“我马上回格雷斯托克去，多德先生。在我看来，你的——现在该说是*我们的*理论了，是正确的。尤其是当哈迪先生洗脱了所有嫌疑之后，现在更是如此。”

“罗纳德洗脱嫌疑了？”

“哦，我都忘了，你当然还不知情。没错——他今天早上来到格雷斯托克的警局总部并且做了供述。”

对于在警司办公室以及后来在牧师公馆的书房里所发生的事，督察简短地解释了一番。

“我真高兴！真高兴！”牧师欢呼，“我还在好奇露丝在下午茶时间怎么没有出现呢。我原以为她在休息。这是个好消息，督察。好极了！”

“同时也是你直觉理论的一次胜利，多德先生，对吗？”督察行了个礼，说声“晚安！”，然后便轻快地走上小山坡，找到在车里等候的格里梅特。

他不太明白杰里米·克鲁克怎么就进入了他们的视野。他见过这个人，对他的名声也略知一二——一个发育欠佳，甚至是有点干瘪的小个子男人，总是很和气，虽然有点卑躬屈膝；禁酒主义者，并且担任格雷斯托克保龄球俱乐部的秘书。督察从未听到过他的负面消息。但是，同样也从未听到过有人为他说好话。他不过是那种温和恭顺、中等之资的小康人家之一，从不被人提起。打破他对裁缝性格的认知是在小船上发现了砾石的线索。不论克鲁克在周一晚上是否用过*南希号*，他都有必要接受审问。要是有不在场证明，那最好。要是没有，那就有必要进一步调查了，如果可能的话，最好找到假定克鲁克谋杀朱利叶斯·特雷加森的动机。

当督察抵达格雷斯托克时，他命令格里梅特在卡斯尔街的顶头就将他放下来，然后将车开回警局的车库。他并不想声张自己对服装店的造访。尽管还有几家商店的橱窗仍然灯火通明，但大多数橱窗，其中包括克鲁克的，都已打烊歇业。百叶窗俱已合上，只有过道里的微光从店门的气窗中透出一点亮。不过店铺旁边就是裁缝的私宅入口，一条狭窄的楼梯通向店铺楼上的房间。督察按铃，几分钟后一位年轻貌美的姑娘前来应了门，一看见督察的制服，她略微吃了一惊。

“晚上好，小姐。杰里米·克鲁克先生在吗？”

“不，这会儿他恐怕不在。他刚出门——参加一个会议之类的，我想是这样。需要我捎个口信吗？”

“我还是等一会儿好了，稍后见一见他。你知道他什么时候回来吗，小姐？”

女孩觉得应该是9:00，但也不确定。

“我猜你是他的女儿吧？”

“是的——没错。”

“那在我见到你父亲之前，也许我们可以聊几句？”

姑娘没有表示反对，督察跟在她身后爬过一段邋遢昏暗的楼梯，走进一间逼仄拥挤的小客厅，屋里摇曳着微暗惨淡的炉火。他们坐好后，督察便拿出自己的笔记本，开始了一场小心翼翼的质询。他并不想吓到那姑娘，因为看出她已经非常紧张，便没有提那起谋杀案。

“克鲁克小姐，我从博斯考恩的警员那里听说，你父亲在托湾那边有一艘船。”

“没错——*南希号*。”

“而且我想他有周末跑去钓鱼的习惯吧？”

“是的。”

“他以前夜钓过吗？”

“据我所知没有——尽管他有时很晚才回来。”

“克鲁克小姐，我问这个问题是因为我们认为在那一带的海岸沿线存在走私行为。所以我想知道你父亲能否为我们提供一些信息。比如，在周一晚上——那天晚上你父亲去托湾了吗？”

“哦，我肯定他没有。他大约7:00离开了家，告诉我他要去台球厅。这是他在冬季最大的爱好。”

“我明白了。他什么时候回来的？”

“有点晚，我知道这个是因为他进门的时候我已经上床了。我认为应该是11:00以后吧。”

“他回来的时候你看见他了吗？”

“没有。”

“他经常这么晚从台球厅回来吗？”

“并不。他通常10:00甚至更早就回家了。”

“第二天早上他也没有解释吗？”

“没有。”

“我明白了。这个台球厅在哪里？”

“皇后街上。”

“我知道。查理·霍金斯的店。”督察合上笔记本，“嗯，这就是我想知道的，克鲁克小姐。很明显，关于周一晚上的事，你父亲帮不上我们什么忙。不过我晚点会再过来，说不定他在别的时候注意到了什么。”

离开卡斯尔街后，比格斯韦尔迅速朝皇后街上查理·霍金斯的店赶去。这是一个有口皆碑、经营得很好的地方，中老年商人经常光顾，他们把这里看作是自己的另一个家。督察在台球厅后面的一间附属房间里找到了正在擦玻璃杯的老板。

“晚上好，比格斯韦尔先生。有什么需要我帮忙的吗？”

“只是一件小事。”督察压低声音，意味深长地扫了一眼在酒吧里聊天的那一小群人。

霍金斯伸出拇指猛地拉开吧台后面的一个玻璃门小房间，里面主要装着一些马经和各种当地商人的日历。老板关上门后，比格斯韦尔问道：

“认识一个叫杰里米·克鲁克的家伙吗，查理？”老板点点头。“常来这儿吗？”

“是的——冬天的常客。是个裁缝，你知道的，在卡斯尔街。一个小瘦子。他们礼拜堂的执事。禁酒主义者。*他*没犯什么事吧？”

“哦，只是例行公事。”督察轻松地说，“他周一晚上来过吗？”

“周一？周一？我想想。”查理·霍金斯用牙签刮了刮脸颊，朝壁炉吐了一口痰，“发生命案的那天晚上，是吧？没有，那天晚上他不在。我很确定。他要是来过我肯定不会没印象。每天晚上我都要在台球厅里转上十来圈，就为了到处盯着点。但是杰里米·克鲁克周一晚上没来。这也有点令人意外，因为他是周一晚上的常客。”

“谢谢。这就是我想知道的，查理。”

“喝一杯再走吧？比格斯韦尔先生？”

霍金斯眉开眼笑。他坚信要与警察保持统一战线。督察拒绝了。

“这会儿没空，查理。我们还得干活儿谋生呢。晚安。”

他一头雾水地走到街上。他意识到自己又碰上了一个难题。那姑娘说她父亲周一晚上去台球厅了。而查理坚称他没出现。那么，杰里米·克鲁克整晚都是在哪儿过的？他为什么要故意欺瞒自己的女儿？

比格斯韦尔到家的时候都还在继续思考这些问题，总是拿不准丈夫行迹的妻子匆匆准备了晚餐。然而，一到9:00，督察便放弃了炉边吸烟与无线电轻音乐的惬意，扣好斗篷，再次出发前往卡斯尔街去了。

杰里米·克鲁克先生在家。他坐在火炉边的扶手椅上，正小口喝着一杯热牛奶。当督察进来时，他猛地站起身来并示意女儿离开房间。他向督察深鞠一躬，像个天生的商人一般，谄媚地把督察让到另一张椅子上，并礼貌地询问他来访的原因。

“想必令爱已经向你说起我先前来过了吧？”督察睿智地说。

“是的——她确实告诉了我一些事情。”裁缝承认道，“您想知道我能否提供一些关于周一发生在托湾的什么走私案的信息。她是这么说的。对不起，我不能。我周一没有去海湾。”

“你究竟到什么地方去了，克鲁克先生？”

“正如我女儿告诉您的那样——我去了皇后街上霍金斯的台球厅。”

“抵达时间？”

“哦，刚过7:00，我想是这样。我真的说不准。”小个子男人似乎在极力回避进一步谈论自己在周一晚上的所作所为。他不停地瞥向那扇关着的门，仿佛怀疑女儿在偷听他们的谈话。事实上，他看起来似乎很警惕，也不自在。“您瞧，督察，我实在帮不上您什么。事实上，我已经有好几个月没有登上过*南希号*了。”

“听着，克鲁克先生。”督察向前倾身，探究地盯住那人不安的眼睛，说道，“你没有跟我说实话！你还是承认吧。我和你一样清楚，你周一晚上压根就没去台球厅。你告诉你女儿自己要去皇后街。但你并没有去。你为什么要骗她？”

“我不明白自己为什么非要回答这些问题。”克鲁克用尖声尖气的声音不悦地拒绝道，“你想知道的我都告诉你了。周一我没有到海湾去。”

“但这件事远比你想象的要严重得多。”比格斯韦尔说，“我承认，我还没有完全对你说实话。问你女儿问题的时候，我是不想吓着她。明白吗？我不是在调查走私案，而是谋杀案。特雷加森谋杀案。某些事实使我相信你可能会对这件事有所知情。我必须确切地知道周一晚上7:00～11:00点之间你在什么地方。如果你能给我一个满意的解释……很好。我也不会再打扰你，克鲁克先生。我问这些问题是为了你好。好了，克鲁克先生，*周一晚上你在哪里？*”

小个子男人狐疑地瞥了督察一眼，猛地站起来，朝门口走去。他猛地把门拉开。昏暗的楼梯间里空无一人。女儿没在偷听，裁缝感到满意，便小心地合上门，回到椅子里坐下。

“好吧。”他低声说，“我跟您说实话，督察。您说得很对——我周一没去霍金斯那儿。我与一位女士有约。您或许也知道，我妻子大约10年前去世了。事实上，我现在时常感到孤独。我女儿是个好姑娘，但她还年轻，总爱出去走走。我不怪她。这很自然。但我本性是个恋家的人。我想念这个家里有位年长女人做伴的日子。最近我与一位相识多年的女士建立了亲密关系。我很高兴地说，她仍然未婚。督察，我告诉您的这件事是绝密的，连我女儿都还不知道我和这位女士的关系。我现在晚上会定期地去拜访她。她也很孤独，而且不知怎的，我们在一起时感到十分幸福。不幸的是，我知道我女儿会反对这段友谊。她忠于对她母亲的记忆。所以我必须对这桩亲密关系保密。这就是我在周一对她撒谎的原因。我并没有打算去台球厅，而是去看这位女士。您明白吗？”

“很好。”督察说，“但你应该可以理解，我需要知道这位女士的住址，以便证实你说的话吧？当然，一切都会严格保密的。”

小裁缝犹豫片刻，还是说出了督察要求的姓名和住址，又补充道：

“督察，我很高兴地说，周一晚上我——呃——向那位女士求婚了，而且她同意了。我只是在等一个合适的机会告诉我女儿，然后再公开我们订婚的消息。”

督察向他表示祝贺，干瘪的小裁缝使劲捋着自己的长胡子，高兴地微笑着，又喝了一大口热牛奶。

“还有一件事。”督察说，“你说你已经好几个月没去开*南希号*了。你最后一次看船是什么时候？”

“上周三。那天店里关门早，我骑车去看船有没有受到最近天气的影响。这话就咱俩之间说说，督察，我对船的状况并不满意。我认为有人一直在用这艘船……最近。”

“你为什么会这样想呢？”

“首先，冬天的时候我总是把船倒扣放置的。但那天它被翻过来了。更重要的是，船身上到处都是水——注意，是海水。船头上有一圈盐渍。我没有来得及把船归位是因为当时天快黑了而我又没有带灯。但它已经被动过了，毫无疑问。有人开着它出过海。毋庸置疑！”

“此人的身份你有想法吗？”

“没有。托湾的所有人都有他们自己的船。”

“我明白了。好吧，我会调查一下这件事，如果有进展的话再告诉你。与此同时，我要到这个地址去一趟。”督察站起身，“顺便问一下，你这儿有电话吗？”

“有的——在店里。”

“那这位女士——她装电话了吗？”

“没有。”

督察确定过杰里米·克鲁克无法在自己质询那女人前跟她通风报信后，便在邋遢的楼梯底下与裁缝握了握手，然后走上街道。

他轻易就摸到了拉博纳姆街8号。那位女士在家，并且准备尽她所能来帮助督察。是的，克鲁克先生在周一晚上大约7:15到了她家，11:00刚过不久就离开了。在此期间他没有出去过。是的，他们现在确实订婚了，虽然订婚的消息还没有公布。督察好心地向她表示祝贺——她收到的第一份祝福。简短的会面就此结束。

“这么说，”比格斯韦尔拖着沉重的脚步回警局总部，沮丧地想道，“这条线索的调查终究是一条死胡同！有旁人用过这艘船。这是显而易见的。但是谁呢？”

他意识到，当自己找到这个问题的答案时，他也就能回答一个更加重要的问题了——是谁谋杀了朱利叶斯·特雷加森？不管怎么说，搜索范围正在缩小。所有的路标都集中在了一点上。很好！

但那个关键的问题仍然存在——是谁？

第二十一章

水落石出

星期六早晨，比格斯韦尔督察立刻出发前往博斯考恩的牧师公馆。此行的目的有二。一是给露丝的好消息，二则是给牧师的坏消息。就在昨晚，他向格雷斯托克总部呈交了报告，然后被叫去见了警察局长一面。局长通盘考虑了露丝在聆讯时隐瞒不报的情形后，倾向于宽大处理。她是不得已才做的伪证，其动机虽然不值得辩解，但却是可以理解的。她希望保护自己的爱人不受怀疑。所幸的是，在她做出伪证后的24小时里，这个年轻人洗清了自己的嫌疑，从而使这个姑娘对事实做出了如实的陈述。警察局长的态度是，露丝并不是恶意地向警察隐瞒不报。她的行为是不当的，根据法律条文，也已触犯了法律。但是考虑所有的情况以后，他决定警方无须在这件事上采取进一步行动。她将不会受到任何指控。

比格斯韦尔把局长的决定告诉露丝后，她自然很是高兴。事实上她并没有对这件事想太多。很明显，她一门心思地沉浸在与罗纳德的重修旧好中，根本无暇为这些题外事操心。她与比格斯韦尔督察说了几句话后就匆匆离开牧师公馆，去了湾舍。在她看来，与罗纳德分离的每一分钟都是浪费！

督察于是坐定与多德牧师聊起了天，他开始欣赏起牧师的智慧与推理才能来。他意识到，牧师既有着丰富的想象力，又有良好的操作能力与之相匹配。

“好吧。”牧师说着，他们二人各自坐进扶手椅，“您是不是白费力气了？”

“是我们！”督察承认道，“没有进展，先生。调查进了死胡同。杰里米·克鲁克先生已经证明了他的不在场证据确凿无误。很有说服力。毫无疑问。但事实是他的船在周一晚上的确是被用过的。克鲁克已经好几个月没开它出海了。所以我们得回答的问题是，谁在23号借用了*南希号*，还有他为什么要借？”

“在我看来，”牧师说，“借这艘船有3个原因。这3个之中任何一个都可能是正确答案。首先，它被借用是因为凶手没有自己的船；其次，因为凶手的船正在维修；最后，因为*南希号*开起来比疑犯的船更轻便。经过深思熟虑，我完全有理由说，因为在我看来，督察，星期一开过

*南希号*的那个人一定是个非常出色的水手。他一定有自己的船，或者至少开过停在托湾里的船。根据警员的名单，所有的船主都包括在内。就我们所知，托湾的人在想要钓鱼或者做这一类的事时，没人会去借别人的船。海湾里有6艘船。据我所知，他们的主人是杰克·威瑟斯、帕金斯、斯汤顿、伯登、哈斯克尔和我们的朋友杰里米·克鲁克。根据我所掌握的情况，海湾附近也没有别人会开船了。哈斯克尔的儿子，我相信他是个相当熟练的桨手，但几乎没有能力操控南希号在星期一晚上所展开的那种航行。所以依我之见，督察，关于凶手为什么要借用南希号，第一个可能性我们可以不予考虑了。而且我们还可以更进一步——我们可以有把握地说，我们要找的那个人就在那张托湾船主的名单上。杰里米·克鲁克可以排除。那就剩下杰克·威瑟斯、帕金斯、斯汤顿、伯登和哈斯克尔了。这个威瑟斯，我想他大概有不在场证明。你可能还记得那位女士，穆里昂夫人星期一晚上就是从威瑟斯家里回来的。助产士离开海湾时，杰克·威瑟斯在家。”

“没错。”督察接着说道，“穆里昂夫人提到过威瑟斯在她沿着崖边小径出发前替她点了盏提灯。”

“完全正确！这就意味着他没有时间上船，也没有时间在穆里昂夫人于格雷灵斯的崖边小径上见到露丝之前谋杀特雷加森。这样我们就只剩下帕金斯、斯汤顿、伯登和哈斯克尔了。现在我们再来讨论一下凶手需要借用*南希号*的其他原因。是他自己的船正在维修吗？还是他自己的船要完成这项任务太笨重了？我敢说，督察，在我们昨天晚上检查过的6艘船中，有一艘比其他的船都大得多，就是*托湾丽人号*——哈斯克尔的船。哈斯克尔是我们要找的那个人吗？这是我们必须要回答的一个问题。另一方面，您或许还记得我们用过的那艘船是刚上过漆的。那是乔·伯登的船。伯登是我们要找的人吗？这是我们必须回答的另一个问题。假设我们已经穷尽了凶手可能需要借用*南希号*的可能，您看我们这不就缩小了搜索范围了吗？哈斯克尔或者伯登。哪一个？”

“还有一种可能。”督察咧嘴一笑，“就是我们又白费力气了！”

“天哪——是的。我并不是说我的假设无懈可击。它都是些不一定能站得住脚的推论。但是，要是您允许的话，这些都是我想进一步开展的调查线索。至于您是否愿意和我一块儿开展那是另一回事。您可能也已经形成了一套全新的推论。督察——我深知自己犯错在所难免，所以真诚地希望您有自己的理论！”

“你究竟打算怎么做，多德先生？盘问这两个人吗？”

“天哪——不！无论如何，现在还不是时候。我的主意是在这张扶手椅里拿支烟坐上几个小时——以不变应万变。到了那个时候，我希望另一个困扰了我一段时间的小问题能够得到解决。我希望您能明白，督察，我无意让您在我继续思考的时候陪在旁边。绝不是这样。可我希望您能给我几个小时的时间，让我把事情在我的头脑里过一遍。如果到了那时候，我仍然没有想出更好地解决这个谜团的方案，那么我看不出还有什么理由不去审问哈斯克尔与伯登。但在此之前，就当作是帮我一个忙，我想请您采取与我类似的应对方式。以静制动，督察！您能答应我吗？”

督察对牧师的奇怪要求考虑片刻，然后答应了。当天上午他不会再追查下去了——至少是关于那两个嫌疑人的事。他决定花些时间对那6艘船做进一步的检查。

比格斯韦尔督察离开牧师公馆并答应会回来吃午饭，牧师随后拿出那张摘抄下的神秘纸条，它勾起了他那么多的猜测。

我不是要你的钱。我保持沉默不是为了你，而是看在他的面子上。我不希望再听到关于此事的只言片语。

——M.L.

牧师一次又一次地思考过这张字条的确切含义。他一次又一次地为那首字母感到困惑。M.L.既不是哈斯克尔也不是伯登的首字母。L也不符合名单上的另外两名嫌疑人——斯汤顿和帕金斯。然而，我们完全有理由认为这封信是由一位已婚的妇女，或者，至少是一位即将结婚的妇女写的。托湾的那4位船主都是已婚。伯登的妻子大约两年前去世了，可由于这封信寄给特雷加森显然已经有些时日了，所以他的妻子与斯汤顿、帕金斯或哈斯克尔的妻子一样，存在着可能性。他试图想象这4位女士——她们的容貌，她们的性格，她们过去的举止，渐渐地，事情开始明朗起来。记忆像一颗种子，不断地生长，萌芽，开花。最初的思路一旦启动，过去的一些事情就开始浮现在他的脑海中。他从怀疑到部分接受自己的理论，再从部分接受过渡到一种奇异的确信感。所有的小拼图开始形成一块完整的图景。

他站起身走到办公桌前，取出一本教区记事簿。他焦急万分地翻着书页，手指在名单上从上到下地划过。接着他猛然一惊，僵立片刻。之前怎么没想到这一点呢？考虑到这张便条的性质，这位女士用自己教名的首字母签名是件再自然不过的事儿。玛丽·露易丝！就是这样了，没有错。她省略了第三个首字母，也许是潜意识里害怕将来的某一天这张便条会被当作对她不利的证据。当然，并不是说*她*犯了什么罪行。特雷加森才是有罪的那个人。可若是被她丈夫发现了，要向他解释清楚个中缘由，那局面就太尴尬了。但她没有给出解释吗？很明显。当然还有这个不幸的秘密突然被撞破的原因也同样显而易见。此时的牧师看清了一切，但他并不高兴。他在忧伤与怜悯的驱使下摇摆不定，既想把那张字条扔进火里，承认自己被难倒了，而他的责任感又在向他发出召唤，正义必须得到伸张。销毁证据、向警方隐瞒不报本身就是一种犯罪行为。现在发生了一起谋杀案。谋杀是一件可怕且卑鄙的事。他不能宽恕，说什么也不能为这种情况找借口。

他坐在火炉旁，用颤抖的手想给自己倒点儿什么喝。希望借此逃避摆在自己面前的任务。

督察1:00准时回来了，可直到午饭结束，牧师才提起自己的发现。

“时辰已到！”等只剩他们两个人的时候，督察说道，“怎么样，多德先生？”

牧师叹了口气。他知道，无论有多么不情愿，自己都不应该逃避责任的要求。

“现在问题都已经解决了，督察。整件事情我现在可以看得一清二楚。我只希望并不是这样的结局。*但我现在知道是谁谋杀了可怜的特雷加森！*”

“你知道了？”

比格斯韦尔督察大吃一惊。

“任何人都能从间接证据中推断出事实。”

“那是谁呢？”

牧师摇了摇头。

“您可以让我用自己的方式，并且在我认为合适的时候做这件事吗？当然，从法律上讲，我无权对您隐瞒任何信息，督察。但如果我能亲自与这个人当面对质，我的良心大概会好受一些。您可以就在附近——还有警员也是——什么地方躲起来。但请让我，我请求您，让我第一个将事情真相告诉这个可怜人。他已经吃了很多苦了——上帝知道！而现在这意味着更多的痛苦……也许，会伴随他终身。当然，绝大多数时间他将在监狱中度过。”

“很好。”督察很是干脆，“我去叫格劳奇，我们立刻出发。”

牧师点头。

“这样最好。”他平静地说。

一个小时后，比格斯韦尔督察与警员格劳奇藏进了悬崖顶上浓密的荆豆灌木丛后面。他们的眼睛盯着那条狭窄的小径，小径沿着空地的斜坡蜿蜒而上，最终消失在远处。大约15分钟之前，牧师爬上了那条小路。他一手拿着警笛。另一只手上是那张奇怪的字条。

两个人等着。时间慢得令人难以忍受。那人逃跑了吗？牧师会不会还没来得及吹哨子就被制服了？督察开始责怪自己在这件事上对牧师听之任之了。这是冒险，而且是愚蠢的冒险。最好还是用普通的方法来逮捕他——弄一张正式的逮捕令，再找个娴熟的警察来执行。所有这些对杀人犯情感方面的让步都是荒唐可笑的。这只是出于对牧师智慧的尊重……可如果这只鸟在应该是插翅难逃的时候从网里挣飞了，那他在总部人的眼里大概就会是个傻子。好了，快好了……

格劳奇猛地拉了拉他的胳膊。

“好了，长官！他回来了！不是一个人！”

一个又高又瘦的身影正大步走在矮胖的多德牧师的身旁。两个人似乎正在热切地交谈。他们迅速走近。

督察与格劳奇，突然从灌木丛中钻了出来。高个男人一看见他们就停下脚步，转向牧师。小个子男人伸出了双手。大个子犹豫了片刻，然后耸了耸肩，向警察走去。

格劳奇一脸震惊地看向督察。

“天哪，长官！”

“嗯？”

“*是乔·伯登！*”

“伯登？”

“是我。”被提到的那个人听到了督察的惊呼，说道，“就是乔·伯登——那天你跟他借船的家伙。有意思吧，不是吗？把我自己的小船借给你们去收集对我不利的证据！”

格劳奇和比格斯韦尔一人一边向瘦削的采石工逼近。

“别紧张。”他大声说，“我会平静接受的。这是公平交易。我输了。你们赢了。我想我也不可能翻盘。多德先生知道这一切。他建议我做一份完整的供述。”

“我必须警告你……”督察开腔道。

乔·伯登挥了挥手。

“唉——我知道。我所说的一切都将作为我的呈堂证供。也许吧。但你们现在或稍后从我这儿听到的都将是赤裸裸的真相。我向你们保证！”

“那我们走吧。”督察说，“我有一辆车在海湾下等着。你要是有什么话想说，最好先忍着，等我们到了格雷斯托克见过警察局长再说。”督察朝多德牧师说道，“你呢，先生——跟我们一起？我们可以把你送回牧师公馆。”

“不了，真的——我认为没必要，谢谢您，督察。我沿着悬崖静静地走回家就好。”牧师向面无表情的伯登伸出手，“对此我很抱歉，伯登，但我知道你同意我的看法，你别无可能。”

伯登抓住牧师伸出的手，用力地晃了两下。

“别担心，多德先生。我这条命迟早是要放弃的。一个男子汉忍受了那么多，神经就会崩溃了。没错，先生，我想人的良知是强大的，且无法被战胜。对于即将到来的一切我都已经准备好了。”

“那……祝你好运，伯登。”牧师哑着嗓子说，“我保证你的权益会受到维护。祝你好运，再见。”

“谢谢你，多德先生。”他转向督察，“我准备好了。”

这3个人向海湾走去，高挑、瘦削的采石工迈着轻松的步伐走在那两个代表着法律的深色制服身影之间。牧师一动不动地站了很久，一直看着他们，然后深深地叹了口气，随后慢慢地跟在他们后面，像个孩童一样，思绪乱飞。他已经尽到了自己的责任。在一系列幸运的眷顾下，他被引导至谜底面前——但他感受不到得意，感受不到胜利的愉悦，也感受不到满足。在书本和戏剧中，谋杀是可以理解的，但在现实生活中，这是一件令人悲伤与痛苦的事情。

他再也不希望自己被卷入一桩谋杀案的丑恶现实中去了。他感到极度的沮丧。

第二十二章

认　罪

这是一份于193X年3月28日，周六，在格雷斯托克郡警察分区总部，约瑟夫·艾尔弗雷德·伯登在警察局长、警司和比格斯韦尔督察的见证下所做的供词。这是一份已签过名的书面声明。

"我承认我于3月23日周一晚上谋杀了朱利叶斯·特雷加森。我是故意设计取他性命的。将近两年以来，我一直在想杀了他。在我看来，这是一桩必须完成的任务。他毁了我的家庭幸福。而且，在我看来，我妻子的死也应该由他负责。我最好从3年前我妻子玛丽·露易丝·伯登去世前所发生的事情开始讲起。我是受雇于博斯考恩板岩采石公司的一名采石工，公司距离我在托湾的小屋大约400米远。

"因为，当时我们没有孩子，我妻子一天中的大部分时间都独自一人待在小屋里。我俩都对我们的婚姻感到很幸福。她是一个娴静、自得、不问世事的女人。我有一份相当不错的工作，我们的钱足以度日，不怎么需要为钱担心。我们的小屋是朱利叶斯·特雷加森的产业。我们每周五准时付房租，特雷加森会在那天到他海湾边的几间屋子转一圈并且收钱。因为他习惯于在下午的时候上门，我就总是把租金给我妻子，由她亲自交给特雷加森。

“有一个周五，当我大约6:00回到家的时候，我发现妻子情绪低落。我看出来她之前哭过了。我问她怎么了，可她什么都不告诉我。我以为她可能有点不舒服，也就搁下不提。直到两周后我才又想起这件事。那又是一个周五，我回到家的时候发现我的妻子出门了。她一个小时后才进门，而且举止情绪有些古怪与失常。我再次问她是否在担心什么。她否认有事。

“然而，从那天起，我们之间似乎就有了隔阂。我们再也不能像从前那样相处了。我的妻子似乎焦躁不安，常常一坐就是很长时间，也不说话，即使是我跟她说话的时候也不应答。家里似乎出了什么问题。我试过千方百计，想知道我妻子是否有什么心事，抑或是不是遇到了什么麻烦。可到底是怎么回事，她从未透露一丝一毫。

“这样大约持续了3个月。后来有一天，她突然告诉我她怀孕了。听到这个好消息，我自然既高兴又兴奋。我们一直想要个孩子。我知道我的妻子会是一个完美的母亲，我们都期待着第一个孩子的降生。我立刻明白了她之前喜怒无常、坐立难安的原因，我谈论着不久的将来即将降临的幸福，尽自己最大的努力想要让她高兴起来。可我的妻子仍然是沮丧异常。她看起来并不期待孩子降生的那一天，而是在逃避着这一逐渐逼近的现实。稍后不久我有了一个想法，那就是她不想要这个孩子。我无法摆脱这个念头。

“我们似乎生活在乌云的笼罩之下。后来有一天，在我从采石场回家的路上遇到了杰克·威瑟斯，他住在海湾那里。他给我带来了一则消息，说我妻子生了一个儿子。我以最快的速度跑回小屋。我的妻子蒙受了极大的痛苦。她脸色惨白，气若游丝。一见到她，我就知道她活不成了。孩子也不健康，躺在她身边，一点声音都没有，也没有什么动静。医生告诉我母子二人存活的希望都不大。我悲伤得都快要疯了。这一天我盼了这么久。

“那天晚上9:00，孩子宣告死亡。我妻子似乎没有反应过来到底发生了什么事，当他们把死婴从她身边抱走时她还表示抗议。她知道自己时日无多了。我也不知道她自己是怎么察觉的。一种直觉吧，我猜。她叫我去在她旁边坐下。我照做了。她跟我说她要忏悔。从那时起，我就开始痛恨朱利叶斯·特雷加森这个名字。孩子不是我的，而是特雷加森的。那个男人每周五下午来收租时一直在奉承我的妻子。他狡猾且极富耐心。起初，他装得像个慈父一样关心我的妻子。她被他的言谈所蒙骗，开始把他当朋友。她从未勾引过他——我发誓！她从来不是那种人。是特雷加森用魔鬼般的狡诈耍的手段。我妻子被他迷人的举止和随和的谈吐迷住了。

“一个星期五，他试图吻她，于是发生了一场小争执。从那以后，我的妻子开始害怕他每周的到访。然后，有一天下午，他兽性大发，像只猪一样占了她的便宜。孩子就是这一次的后果。特雷加森对她威逼利诱，强迫她承认我才是孩子的父亲。他甚至试图用钱收买她，但我妻子拒绝了。她担心自己的秘密会走漏风声。她知道特雷加森一副油嘴滑舌，一定能编造出她对他有好感，这次背叛是两相情愿的谎言。要是她没有怀疑我对她的信任就好了！这是她对我做过的唯一一件错事！

“在那个可怕的深夜，我的妻子在极大的痛苦中……死了。从那一刻起，我的头脑里只剩一个念头，那就是杀了特雷加森。我猜他发觉到我知道了他的兽行。在妻子死后，他再也没有到小屋里来收过房租。他安排我把钱交给威瑟斯太太。我猜他是害怕与我单独相处。我的想法是制定一个完美的计划，这样当特雷加森被谋杀时，嫌疑就不会落到我的头上。不久，计划开始成型。我有一把旧的军用左轮手枪，是我1919年复员前在法国搜罗来的，还剩几发子弹。

“经过仔细观察，我掌握了特雷加森在夜间的习惯。我发现他是个循规蹈矩的人。我知道他在吃完晚饭后总会待在起居室。我的第一个主意就是把他引诱到窗前，然后从崖边小径上将他射杀。这个计划我推敲了几个月，但我知道它绝非完美。首先，枪声可能会将人们吸引到现场。凶案发生后我可能会很难脱身。后来有一天晚上，沿海起了风暴，我立刻意识到，只要我选择了正确的时机，那就可以在雷声的掩护下开枪。但是雷暴通常意味着下雨，下雨意味着泥泞，泥泞就意味着会留下脚印。我放弃了从人行道上射杀特雷加森的想法。

“使得我的计划日臻完美的下一步是从海面上射杀特雷加森的想法。我有一艘船，经常夜钓。即使碰巧被人撞见了，也没有人会觉得我在天黑后还乘船外出有什么不同寻常之处。我沿着悬崖做了几次测试。我找到了距离悬崖最近同时还能看清窗户的位置。我发现那样开枪并非难事。下一件事是转移视线，不让人怀疑到我头上，并且伪装成是有人在陆地上犯案的样子。

“于是，有天晚上，我用一个面粉袋装满了格雷灵斯车道上的碎石，把它藏在我的小屋里。开过枪后我的第一个计划是把左轮手枪扔进海里。但我突然意识到，假如我把枪扔到崖边小径上，事情看上去会更像是有人在陆地上杀了特雷加森。接着，计划全部准备周全，我开始等待合适的时机来执行这项任务。几个月来，我一直等着在特雷加森会待在起居室的那个时段里暴风雨的来临。一次又一次，要么是白天有暴风雨，要么是深夜有暴风雨。但我并不心急。我确信我的机会早晚会在某个夜晚降临。然后，就在周一，3月23日，我的机会来了。

“不巧的是，就在前一天，我刚刚漆过自己的船。我不敢冒险把衣服沾得到处都是油漆。警察要是发现了的话，看起来会很可疑。所以我借了克鲁克先生的船，*南希号*。我把装满砾石的面粉袋子扔到船上。我戴上手套，擦亮左轮手枪，装上子弹。然后就出海了。我沿着悬崖一路近岸驶到格雷灵斯。起居室的窗户亮着灯。我不得不冒着特雷加森小姐可能也在房中的风险。如果我把石子扔到窗户上，是她来到了窗边，而不是她叔叔，那么我就知道我得等待下一次的机会了。

“我尽可能地靠近岸边，把砾石扔向玻璃。我一直等到划过一道非常亮的闪电之后才这样做。我估计这样特雷加森才有时间恰好在雷声响起之前来到窗边。确实奏效了。他拉开窗帘向外张望。头顶上轰隆一声，我迅速开了3枪。我看见他倒在了地上。我把船驶近悬崖，把左轮手枪扔到小路上。再把石子袋扔进海里。袋子上一定有个小洞，因为多德先生告诉我在南希号上发现了一些砾石。我以最快的速度划回托湾，把船停在滑道上，确保没人看见我，然后回到了自己的小屋。我一直留着一盏灯没有熄，好让邻居们以为我整晚都在屋里。

“这就是我的故事。真相，全部的真相，只有真相。无论发生什么事，我都已经准备好承担后果。我原以为自己的秘密能守得住，但还是被人发现了。我很高兴。一个小伙子凭着良心打了场败仗。过去的5天简直就是人间炼狱。当多德先生今天下午来找我，把一张他找到的我妻子写给特雷加森的字条拿给我看时，我再也不能将真相隐藏起来了。纸包不住火，这是一句老话。现在真相大白了，感谢上帝！”

第二十三章

牧师解惑

“好吧，多德先生。”当大家从书房走进大厅时，督察说道，“我所能做的只有对你的才智表示祝贺。我不介意承认，曾经有那么一刻，我完全放弃了解开这个谜团的希望。顺便说一下——还有一点——钱的事？特雷加森小姐的钱？你有消息吗？”

“是的。拉姆齐律师今天上午来过。就跟你想的一样。特雷加森一直在证券交易所里赌手气。所幸，他碰不到本金，但信托投资本应产生的大部分利息已经没了。我必须说，督察，露丝非常平静地接受了此事。”

“还有别的事吗，嗯？”督察咧嘴一笑，问道。

牧师高兴得两眼放光。

“天哪——有的。最令人高兴的事。很快就会公布消息。我是说，订婚。他们谈到计划在夏天结婚。我很高兴！很高兴！”

比格斯韦尔督察伸出手。

“好吧，再见，多德先生。在这桩案件中与您合作很愉快。这桩不幸的案子有了转机，我很高兴。”

他们握了握手。

“再见了，督察。我想再多说一句，旁观你们的工作方法对我来说也很受益。您心思缜密，慈悲为怀。您的耐心……也令人惊叹！再见。”

牧师看着比格斯韦尔督察钻进车内，稍过片刻，车子开到了牧师公馆门口的路上，朝格雷斯托克驶去。牧师笃定地轻轻叹了口气，回到自己的书房。案件结束了，谜底揭开了，如此而已。

他带着幸福的微笑跌坐进安乐椅内，穿着拖鞋的脚伸向烧得正旺的炉火边，满意地吸着烟斗。有那么一阵，他舒展地躺在那里，一边沉思着上周发生的千头万绪的事情，一边向天花板喷出一朵朵小烟云。经过前几天的焦虑与劳累，现在的他感到平静。他的头脑里一片澄明，烦恼了无踪迹。现在可以放飞思绪，想一些鸡毛蒜皮、微不足道的小事了。新的布道内容开始逐渐进入他的脑海。他为即将到来的义卖会想到了新点子，从无法逃避，必须要做的事件中汲取勇气，并且决定与格雷诺夫人就教堂的修缮事宜交涉一番。他的目光落到放在书桌上的日历上。3月

30日，星期一。他一惊。星期一！天啊！今天彭德里尔要来。多年以来，他第一次差点忘了每个周一晚上都会在自己书房里举行的那个小小仪式。他的视线从日历移到时钟上——7:30。圣迈克尔塔楼上格雷诺大钟的报时声隐隐约约地穿过紧闭的窗户飘送到他的耳畔。钟声刚一消失，大厅里就响起了锣声，车道上车轮与地面噼里啪啦的碾压声也应声响起。

下一秒就有人通报，说彭德里尔到访。

“来得正好！”牧师热情地说，“亲爱的朋友，我刚刚差点把你给忘了。快把外套脱掉。晚餐已经准备好了。”

稍后，当他们回到牧师公馆里的书房时，两个人都感到身心舒畅，分别坐进自己平常坐的椅子里。一盒雪茄递到了面前。彭德里尔苦着脸拒绝了主人的提议，取出自己的烟斗。牧师挑选，钻孔，然后点燃一支亨利·克莱。一阵沉静。

“说来听听吧，多德。”彭德里尔说道，“坐在那儿假装你不感兴趣是没用的。你肯定迫不及待想告诉我你是怎么做到的。那就说吧——直截了当！你是怎么猜到的？”

“‘猜’这个字你用词不当。”牧师表示不赞同，“猜测在刑事调查中于事无补。确凿的事实才是关键。不如说是不可改变的信息的收集加上生动的想象吧？”

“啊，你爱怎么说就怎么说！我才不关心你的方法论呢。我要的是你的故事，多德，而非关于推论和侦查的论文——而且还是业余爱好者写的！”

“好吧，我这就来告诉你。”

“你不必这么自鸣得意。”医生插嘴说，“我毫不怀疑，天意或者是运气——随便你怎么说——从一开始就与你形影不离。”

“在某种程度上，我亲爱的朋友，你是对的。我的运气确实不错。一方面，不论是幸运还是不幸，我的记忆力非常强，正是回忆起了过去的事让我最终确信是伯登犯的案。首先，你也知道我对那些分散的弹孔和崖边小径上没有脚印这两件事有多困惑——这两个因素使我相信，特雷加森是被人从海面上射杀的。你也知道了我做过的试验和最终得到的结果。随后我们就将搜索范围缩小至那些在托湾拥有船只的人。那里的6艘船中，我们在其中一艘上发现了一些碎石子。你可能也知道了，比格斯韦尔探查了克鲁克，就是那艘船的主人，结果发现他在案发当晚有完美的不在场证明。显而易见，星期一晚上有人借用了克鲁克的船。那时我还不知道凶手的身份。我相信通过排除法，凶手可能是这4个人之一——帕金斯、斯汤顿、伯登或哈斯克尔。我必须找到一个理由，就是这4位船主为什么需要借用克鲁克的小船。然后，突然间，我就想起了自己在采石场和伯登的一次谈话。督察想借伯登的船去查一下从悬崖下方看格雷灵斯的视角。伯登指出我可以轻易将他的船和滑道上的其他船区分开来，因为它刚上过漆。事实证明，那句话很有启示性。要是伯登的小船在案发当晚油漆未干，那他肯定不得不另外借一艘船。我立刻就认定，凶手就是伯登。然后我必须找到犯案动机。你还记得我在特雷加森书桌里发现的那张纸条吗？”

“署名M.L.的那封，记得——请继续。”

“嗯，我确信这张纸条在某种程度上与这桩命案有关联，M.L.显然是个女人，很可能是谁家的妻子。伯登的妻子已故。我知道。当时我就突然想起，这个女人的全名首字母缩写是M.L.B.，她在信上签的是自己的教名。我查了一下教区记事簿，果然，我的假设被证实是正确的。伯登的妻子叫玛丽·露易丝。伯登夫人当时为什么要给朱利叶斯·特雷加森写这么张奇怪的字条呢？他俩之间有什么秘密而伯登本人却不知情？我想起了你那世故的提议——可能是私通之类的。之后我的记忆之轮就装上了新的辐条。大约两年前，某个周五下午，我前去拜访过伯登太太。我的造访大概有些不合时宜，特雷加森一脸怒容正要离开小屋，而门内的伯登太太，我发现她正在哭泣。我尽力安抚了她，但她并没有解释自己如此心烦意乱的原因。我当时想可能是因为房租的问题吧。可现在，与这张字条一联系起来，这段记忆便突然有了全新的意义。看来你的猜测是正确的，彭德里尔。然后我想起了玛丽·伯登去世的那晚。孩子降生不久我就去了托湾。伯登当时还没有到家，不过我相信已经有人赶紧去找他了。让我倍感惊讶的是，她从穆里昂夫人处得知我在他们家以后，表示想与我说说话。是关于孩子的。”

“孩子？”

“是的。玛丽·伯登似乎知道自己命不久矣。我觉得是她自己不想活了。当时我还不知道是怎么回事，彭德里尔。现在我知道了。可怜的女人！即使自己身处痛苦，她也在为孩子着想。她希望让孩子随父亲，受洗并取教名为约瑟夫·艾尔弗雷德。我向她保证我会这样做的。但她似乎仍不满意。她让我保证，*不管别人怎么说*，我都要照她的意思做。我郑重地答应了。但这句话让我迷惑不解。‘不管别人怎么说’，我无法理解她当时的焦虑。你看，彭德里尔，我当时没有想到这孩子是个私生子。

“直到两天前我才意识到她焦虑的真正原因。特雷加森才是孩子的父亲。这就是他们之间的秘密。在妻子和孩子相继离世后，伯登亲自来找我并安排了葬礼。我对他身上所产生的变化感到震惊。我原以为他会悲痛欲绝，但事实并非如此。我该怎么说呢？他流露出一种苦涩的怨恨。当我提到痛失爱子并对他表示同情时，他强烈要求我永远都别再提那个孩子了。他似乎否认孩子的存在。

“当时，我自然而然地以为他的怪异举止是突如其来的悲痛的结果。但两天前我全明白了。我知道他妻子的秘密已经不再是个秘密。她在临死前向他坦白了，并说到特雷加森才是孩子的父亲。所以，这，就是谋杀动机。为了报仇。而且这个动机，唉，在犯罪史中也再常见不过了。我得到了比格斯韦尔的许可，亲自前去与伯登交涉。如果是我搞错了，你知道，我也不想让他知道警察掌握了他私生活不幸的事实。我只是上前，将他妻子写给特雷加森的那张纸条递给了他。他的脸色立刻一片惨白。我问他星期一晚上为什么要借克鲁克的船，并且告诉他我们在船板上发现了砾石。

“他登时就垮了，彭德里尔——他完全垮了！换作我也一样。谋杀是糟糕野蛮的行径——但不知何故……怎么说呢，我们个体能怎么想呢？是否存在正义的谋杀？在法律的眼中，永远不存在！我想这是应该的。但在上帝的眼中呢？设想一下这种挑衅？骇人听闻！在伯登看来，他一定觉得是特雷加森杀了他的妻子。以眼还眼，以牙还牙。多么奇怪，潜伏在人心深处的野蛮性仍然尊崇着这一古老的希伯来信条。不管怎么说，彭德里尔，你现在已经知道案件的真相了。我希望……”

有人敲门。女佣走进来，手里拿着一只小板条箱，放到了二人中间的地毯上。

“送货商刚刚送到，先生。他很抱歉来迟了。”

女佣说完退下。

两个人看了看板条箱，然后不约而同地抬眼疑惑地看向对方。

“好吧。”彭德里尔说，“如何？你也知道，这周该轮到你开书单了，但我猜你可能忘了，所以就自己列了一份。咱们来瓜分战利品吧，好吗，多德？”

牧师犹豫了一下，然后缓缓摇了摇头。

“我想不必了。真的，彭德里尔。不知道为什么……哎呀……我觉得我这辈子都不想再读罪案故事了。我似乎已经失去了对一个引人入胜的谜题的兴趣。挺奇怪的，现实中的接触会扼杀你对虚构的欣赏。不，我亲爱的朋友，我对悬疑惊悚小说再也提不起兴趣了。我决定把我的精力放到更有价值的问题上。”

“比如？”

“你信仰缺失的问题，彭德里尔。你拒绝接受信仰的顽固。”

彭德里尔医生怯怯地咧嘴一笑。

“多德，你知道吗，我已经打定主意了。你似乎是个讲求实际，富有决断力的人。你的分析能力很强。这一点我以前都没有发现。我决定给你一个游说我的机会，而且一定不与你争辩。”

“什么时候？”牧师问。

“下周日。”医生回答，“在教堂！”

多德牧师绽开了笑容。

完

《牛津谜案》

《豕背山奇案》

《海峡谜案》

《地铁疑案》

《湖区疑案》

《银色鱼鳞谜案》

《康沃尔海岸疑案》

《切尔滕纳姆广场疑案》

图书在版编目（CIP）数据

康沃尔海岸疑案 / (英) 约翰·布德著；夏彬彬译. — 北京：中国青年出版社, 2020.1

书名原文: The Cornish Coast Murder

ISBN 978-7-5153-5930-4

Ⅰ. ①康… Ⅱ. ①约… ②夏… Ⅲ. ①侦探小说—英国—现代 Ⅳ. ①I561.45

中国版本图书馆CIP数据核字（2020）第013480号

北京市版权局著作权合同登记号
图字：01-2019-2472
This edition published in 2014 by
The British Library
96 Euston Road
London NW1 2DB

责任编辑：彭岩　刘晓宇

*

中国青年出版社 出版 发行
社址：北京东四十二条21号　邮政编码：100708
网址：www.cyp.com.cn
编辑部电话：（010）57350407　门市部电话：（010）57350370
北京中科印刷有限公司印刷　新华书店经销

*

889×1194　1/32　9.625印张　140千字
2020年8月北京第1版　2020年8月北京第1次印刷
定价：42.00元
本书如有印装质量问题，请凭购书发票与质检部联系调换
联系电话：（010）57350337